Jasmin

AUCUN CHEMIN N'EST TROP LONG

L'histoire captivante du ministre des finances d'Éthiopie racontée en toute liberté narrative, sur la base du texte biblique.

Préface et postface de Werner Gitt

Lichtzeichen VERLAG

Site internet de Werner Gitt : www.wernergitt.de
Vous y trouvez :

- Les dates actuelles de ses conférences
- Des livres et des articles en plusieurs langues, à télécharger
- Des traités en plus de 60 langues, en mode de lecture ou d'impression, à télécharger (p. ex. «Comment puis-je aller au ciel ?», «Qui est le Créateur ?», «Les miracles de la Bible», «Ce que Darwin ne pouvait pas savoir», «Et pourtant il existe», «Crèche, Croix, Couronne», «Le voyage sans retour»).

Site internet de l'illustratrice Doris Daubertshäuser :
www. doris-made-to-create.de

Jașmin Yildiz
AUCUN CHEMIN N'EST TROP LONG
Le ministre d'Éthiopie (Actes des Apôtres, chapitre 8)
Préface et postface de Werner Gitt

1ère édition 2013

Titre de l'édition originale : Wenn kein Weg zu weit ist
Rédaction : Werner Gitt
Traduction : Eliane Siegel
Illustratice : Doris Daubertshäuser
ISBN : 978-3-86954-105-1 (französische Ausgabe)
Réf. : 548105

Table des matières

Préface

Dans de nombreux passages de la Bible, on trouve des entretiens de Jésus ou des apôtres avec d'autres personnes. Jésus avait toujours le temps de parler à ceux qui venaient à Lui. Il n'a jamais mis fin à un entretien par manque de temps. Seul l'essentiel ou les résultats de telles conversations nous sont rapportés dans le Nouveau Testament. C'est ainsi que le long entretien nocturne entre Jésus et Nicodème se réduit à 11 versets (Jean 3), la conversion de Matthieu est réduite à un seul verset (Matthieu 9,9).

Cependant, nous pouvons présumer que Jésus a abordé toutes les questions de ceux qui Le sollicitaient. Ses apôtres en faisaient de même. Si tout ce que Jésus a dit et fait était écrit, les livres du monde ne suffiraient pas à le contenir (Jean 21,25). Comme les histoires et les entretiens bibliques sont concis, le prédicateur dispose d'une grande liberté pour adapter les récits à la situation actuelle ou pour ajouter des détails, concernant le contexte de l'époque, utiles pour mieux comprendre l'évangile. Cependant, tout doit être conçu de manière à ne pas contredire le témoignage général de la Bible.

Dans les pays de l'ancienne Union Soviétique, après l'effondrement du communisme, j'ai souvent prêché sur l'histoire du haut fonctionnaire d'Ethiopie. Je me suis mis à apprécier tout particulièrement ce texte biblique, car il est très approprié pour apporter l'évangile à ceux qui ne l'ont jamais entendu. Les auditeurs prenaient le rôle, facilement compréhensible, du ministre ignorant, mais avide de savoir. Dans mon livre «Signale aus dem All»[1], j'ai ajouté de nombreux détails (pages 131 à 142) à l'entretien entre Philippe et le haut fonctionnaire éthiopien, dans l'intention mentionnée plus haut. Comme cet Éthiopien païen ne connaissait rien de l'évangile de Jésus, Philippe a dû le lui expliquer de manière détaillée, comne un cours pour débutants. Les motifs du ministre, ainsi que son voyage aller-retour au travers du désert, et ses entrevues à Jérusalem ne nous sont pas rapportés dans la Bible. C'est pourquoi j'ai eu l'idée de faire vivre ces événements avec une liberté narrative. Cependant, je ne voulais pas prendre cette initiative moi-même, mais trouver quelqu'un à qui Dieu aurait donné le don d'écrire de manière imaginative.

Le 9 mai 2011, j'ai reçu un e-mail d'une personne qui m'était encore inconnue. Elle écrivait :

> *«J'ai eu le malheur de naître dans un pays musulman. Je me suis détournée de Dieu dès mon enfance, je me suis même enfuie de devant Allah, le dieu des musulmans, en lui reprochant tout ce qui m'était arrivé ; j'ai cherché consolation dans la théorie de l'évolution et amassé un assez long registre de péchés, sans la moindre mauvaise conscience, dans ce que j'appelle ma vie. Mais voilà : cette femme qui croyait avoir échappé à Allah a, grâce à vous, trouvé le vrai Dieu, le Dieu de la Bible. Je ne pourrai jamais assez vous remercier d'avoir changé si*

[1] «Signale aus dem All – Wozu gibt es Sterne ?», CLV Bielefeld, 5ème édition 2007.

radicalement ma vie. Je ne parle pas la langue qu'il faudrait pour vous exprimer toute ma reconnaissance ! J'aimerais tant que vous puissiez également transformer la vie de ceux qui me sont chers. Restez encore longtemps parmi nous ! Que Dieu vous bénisse !»

Lorsqu'un peu plus tard, *Jasmin Yildiz* m'a envoyé un roman passionnant qu'elle avait écrit, il était clair que la collaboratrice qui pouvait compléter l'histoire avec fantaisie et suspense était trouvée.

Voici comment ce livre a été réalisé. *Jasmin Yildiz* a imaginé les événements précédents la rencontre du ministre avec Philippe, ainsi que son séjour à Jérusalem, tel qu'il aurait pu se passer. Le retour de la caravane en Éthiopie, avec un homme qui connaît Jésus, ne saurait être que passionnant. Les nombreux dialogues avec les habitants de Jérusalem montreront que le ministre n'y a pas trouvé les réponses qu'il cherchait dans sa quête de Dieu. Ceci ne s'est produit qu'au cours de l'entretien qu'il a eu au désert avec Philippe.

Je voudrais attirer votre attention sur le fait que les citations bibliques du Nouveau Testament n'étaient pas encore connues sous forme écrite à cette époque. Pour une meilleure compréhension, elles ont été incluses dans le texte, et les passages correspondants se trouvent en notes de bas de page.

L'étonnante histoire du haut fonctionnaire éthiopien et de son chemin à la recherche de Dieu peut, encore de nos jours, venir en aide à de nombreuses personnes pour parvenir à la foi. Résumons encore une fois l'essentiel :

- Le ministre était quelqu'un qui cherchait réellement Dieu. Celui qui cherche Dieu de tout son cœur le trouvera.
- On ne trouve le Dieu vivant qu'en Jésus.
- Celui qui cherche Jésus Le trouve dans Sa Parole, la Bible, ou dans la prédication, si elle se conforme à la Bible.
- Seul celui qui accepte Jésus est sauvé. Il a trouvé la vie éternelle.
- On peut entendre parler de Jésus pour la première fois et L'accepter comme Sauveur le même jour. Ceci est partout possible, même au désert.

Dans la postface, je montrerai pas à pas comment le lecteur peut arriver lui-même à ce but. L'histoire suivante «Aucun chemin n'est trop long» y prépare très bien.

Je voudrais encore remercier mes deux collaboratrices dont la compétence n'a plus besoin de preuves. *Doris Daubertshäuser* a réalisé avec charme un certain nombre de dessins assortis à l'histoire. *Bettina Hahne-Waldscheck* s'est penchée avec soin sur l'histoire du ministre d'Éthiopie et a effectué la relecture du texte allemand avec la diligence qui lui est propre.

Werner Gitt Août 2012

AUCUN CHEMIN N'EST TROP LONG

L'agréable vie d'un haut fonctionnaire

Dans une vallée, sous le soleil méridional d'Éthiopie, se trouvait une somptueuse maison avec des colonnades, des fenêtres arquées, des façades et des tourelles richement ornementées. Les battants ciselés des portes en bois précieux, les murs ornés avec savoir-faire, les tissus de qualité qui décoraient les pièces, tout révélait que quelqu'un de marque habitait là. Les fleurs et les arbres du jardin affrontaient la chaleur et la sécheresse, comme s'ils rivalisaient à qui saurait mieux plaire à leur propriétaire. Des rosiers ornaient le chemin qui conduisait à la maison, la verdure exubérante des arbres exotiques invitait les promeneurs à se reposer sous leur ombre. Cette vallée ressemblait à l'ouvrage d'un peintre dont le pinceau aurait enduit la terre d'un jaune ocre, les collines de beige et de violet, les cabanes de terre rondes et même les hommes dans les rues de tons bruns. Les couleurs passaient sans transition de l'une à l'autre. Seule la magnifique maison, sur la petite colline, ressortait sur ce fond par ses couleurs différentes. On aurait pu croire qu'une main gigantesque l'avait enlevée à un autre tableau et placée délicatement dans la vallée du peintre.

Cependant, la plupart du temps, on ne voyait que deux personnes autour de la maison. Certains jours, une jeune fille se promenait dans le jardin, parmi les fleurs, avec un homme d'âge moyen. Ils semblaient être père et fille. Quand ils avaient suffisamment ad-

Le ministre dans sa propriété

miré la beauté des fleurs, ils s'asseyaient sur un banc à l'ombre d'un arbre. Un homme en uniforme les accompagnait sans se mêler à leur conversation. Il servait le café pris régulièrement sous cet arbre. Les paroles du serviteur se réduisaient le plus souvent à : «Oui, Monsieur le Ministre ! Non, Monsieur le Ministre !»

A l'écart de la belle maison se trouvaient des rangées de cabanes rondes, coniques, pourvues de toits de paille. Des hommes et des femmes en vêtements longs, la peau tannée par le soleil, et des enfants pieds-nus remplissaient les ruelles de leurs cris joyeux. Mulets et chevaux, lourdement chargés de toutes sortes de ballots, se mêlaient à la foule. Certains jours, les gens affluaient vers une grande place au centre de la ville. Les formes et les odeurs, dans les échoppes des artisans et des commerçants, emplissaient les ruelles et prêtaient à cet endroit le cœur et l'âme d'une ville.

La question qui tourmente le cœur

Le ministre avait le privilège de servir sa reine comme ministre des finances. Il avait atteint tout ce qu'un homme pouvait désirer dans sa vie. C'est ainsi qu'il prenait place, soir après soir, dans son jardin ou sur la véranda de sa maison, dans laquelle il avait tout en abondance, et qu'il réfléchissait au sens de la vie. Sa demeure magnifique avec ses vastes pièces et les nombreux domestiques à son service rendaient sa vie si agréable qu'il éprouvait le désir bien compréhensible que cette vie ne s'arrêtât jamais. Sa position à la cour de la reine lui permettait de porter les vêtements les plus fins et des bijoux précieux aux pierres étincelantes. De même, ses mets et ses boissons étaient d'un goût exquis. Quand il songeait au bonheur que la vie lui avait accordé, son cœur se remplissait de reconnaissance.

Cependant, il n'arrivait pas à définir envers qui il devait être reconnaissant. Bien sûr, ses parents lui avaient ouvert la voie jusqu'à sa position à la cour. Mais lui aussi avait contribué, par son zèle, sa fiabilité et son honnêteté à ce que la reine lui attribue le poste de ministre. Pourtant, il croyait, d'une certaine manière, qu'un dieu devait avoir participé à son succès. Car, être du bon côté de la vie n'était pas une chose qui s'obtenait seulement grâce au zèle et à l'honnêteté.

Il trouvait trop dommage de mourir un jour. «Ne serait-il pas triste pour les esclaves et les pauvres de mon pays, qui ne connaissent que la misère et la souffrance, d'arriver à la fin de leur vie sans en avoir véritablement goûté la beauté ? Quel est le sens d'une vie accompagnée de ce défaut de construction qu'est la mort ? Comment est-il possible que certains êtres humains meurent en bas âge ? Quel est ce Dieu qui forme quelque chose d'aussi génial que l'homme et le livre à la mort aussitôt après ?» Telles étaient ses pensées.

«Ce serait tout aussi incompréhensible que si je faisais bâtir un palais à ma chère fille adoptive avec un défaut de construction qui ferait s'écrouler le toit au bout de trois jours. Je dirais alors à ma fille : «Le palais ne sera plus reconstruit ! Tu y as vécu pendant trois longs jours ! Cela ne te suffit-il pas ?» Elle répondrait alors : «Mais pourquoi avoir fait tant d'efforts pour un édifice si magnifique, s'il s'effondre au bout de trois jours ? J'aurais bien pu vivre dans ta maison sans connaître la joie d'avoir un jour un palais à moi. J'aurais été aussi heureuse qu'autrefois, mais maintenant, je suis profondément peinée, car je ne comprends pas tes pensées !»

Ce sont de telles réflexions qui occupaient le ministre quand il se reposait dans sa maison, à la fin de la journée, ou qu'il flânait dans le jardin avec sa fille. Pourquoi un tel déploiement de fleurs, d'animaux, d'étoiles et de toutes ces autres belles choses auxquelles les hommes prennent plaisir, si la vie humaine était irrémédiablement anéantie par la mort, au plus tard au bout de soixante-dix ans ?

Bien d'autres questions préoccupaient le ministre. Pourquoi l'homme aime le bien et déteste le mal, mais malgré tout, n'arrive pas à se délivrer du mal ? Telle une ombre, le mal poursuit l'humanité, alors que l'âme de chacun aspire à la bonté et à l'amour. Le ministre désirait ardemment savoir pourquoi l'être humain était si contradictoire et si déroutant.

La question des questions

Mais, il y avait encore une autre question qui occupait le ministre depuis son enfance. Qu'y avait-t-il après la mort ? L'existence humaine était-elle entièrement anéantie par la mort, comme si l'on n'avait jamais existé ? Y avait-t-il quelque chose après la mort ? Nuit et jour, ces questions le tourmentaient.

Les grandes prouesses que les Égyptiens avaient réalisées pour l'au-delà lui étaient bien connues. Ce que les Égyptiens faisaient pour dépasser la mort était un exemple admirable. Ils ne comptaient pas leur peine pour se préparer à la vie future. Ils avaient hautement développé l'art de la momification. Ils offraient aux morts des trésors en or et en argent et les déposaient dans leurs tombes. Ils allaient jusqu'à bâtir des pyramides de dimensions gigantesques, dotées de chambres funéraires et de passages secrets afin que les pillards ne viennent pas déranger leur repos éternel jusqu'à la résurrection.

Les corps reposaient là, dans l'attente d'une vie prochaine dont les Égyptiens étaient persuadés. Quant aux criminels, il n'était pas sûr qu'ils atteignent un jour la vie future. C'est pourquoi leurs corps n'étaient pas soumis à l'art de la momification au moyen duquel ils auraient pu être conservés pour l'au-delà. De plus, quelle valeur aurait la vie éternelle pour un roi, si sa cour, elle, sombrait dans une mort éternelle ? Dans l'au-delà, il devrait recommencer à zéro, tel un apprenti cordonnier réduit à s'en tirer dans la vie sans aucune aide.

Une lueur d'espoir

Un jour, le ministre se rendit dans la rue commerçante de la ville. Il allait consulter un marchand dont on disait qu'il avait rapporté des nouvelles surprenantes au sujet d'un dieu venant d'un pays lointain. De fines étoffes s'amoncelaient sur les étagères de l'échoppe. Les sacs remplis d'encens et d'aromates répandaient des parfums d'un autre monde. Le marchand achetait les étoffes et les aromates dans différents pays. Avec ses chameaux, il se joignait souvent à une caravane et revenait lourdement chargé quelques semaines plus tard. Il connaissait le ministre et lui avait souvent apporté des étoffes d'Égypte. Il s'étonna de le voir venir personnellement au lieu d'envoyer, comme d'habitude, l'un de ses serviteurs pour jeter un regard sur les dernières livraisons d'objets de valeur. Mais le ministre lui révéla rapidement qu'il était là pour entendre les nouveautés de ce pays lointain qui étaient parvenues jusqu'à lui. Le marchand se mit alors à lui parler d'un nouveau dieu et de la bonne nouvelle qu'il apportait.

Ce Dieu serait venu dans le monde pour apporter la vie éternelle. C'était exactement la réponse que le ministre cherchait dans ses moments de méditation. Il était prêt à acheter tout ce que le marchand avait dans son magasin, si seulement il lui révélait comment, où et de quel dieu on pouvait obtenir la vie éternelle. Car le monde dans lequel il vivait était rempli de dieux qui ne lui avaient été, jusqu'à présent, d'aucun secours.

Le ministre s'approcha du marchand et lui demanda vivement : «De quel pays vient cette nouvelle ?»

- De Juda ! dit le marchand.

- Peux-tu attester que ce n'est pas une rumeur ? demanda le ministre.

- Certainement ! Tout le monde parle des miracles qu'il fait dans ce pays ! Il aurait même ressuscité des morts !

- Et tu y crois ? demanda le ministre avec scepticisme.

- Si quelqu'un peut ressusciter les morts, il est tout à fait certain qu'il est plus fort que la mort. Il ne peut pas être comme nous, simples mortels. J'en suis persuadé, même si je ne l'ai jamais vu ! répondit le marchand.

Le ministre s'en revint chez lui, tout joyeux. Il semblait qu'il approchait enfin de la réponse à la question concernant la vie éternelle. Il aurait maintenant pu charger son personnel d'aller au pays de Juda et de découvrir si le marchand lui avait dit la vérité sur ce dieu ou si c'était un conte. Mais il voulait s'en rendre compte lui-même, car qu'arriverait-il si ses serviteurs s'attardaient ? Si une beauté aux yeux de biche les envoûtait dans un pays lointain et les retenait de chercher cette vérité dont il était si assoiffé ?

«Que se passerait-il si je mourais avant qu'ils ne reviennent ? J'aurais vécu toute ma vie en vain, sans connaître le secret de la mort et de la vie éternelle.»

Depuis sa jeunesse, le ministre était en recherche. Il connaissait très bien les dieux d'Égypte. Sa reine les vénérait. Mais les dieux égyptiens ne lui avaient pas révélé pourquoi la mort anéantissait impitoyablement toutes choses, alors qu'on avait à peine commencé à aimer la vie. Il connaissait les écrits des prêtres pharaoniques tout comme les dieux des Babyloniens, des Perses et des Mèdes. La légion des dieux de cette terre qui trônaient sur les hautes montagnes ressemblait à un ciel étoilé. Aucun de ces dieux n'avait jamais prouvé son existence, encore moins accompli quoi que ce soit. Le marchand lui avait parlé en outre d'un dieu des esclaves égyptiens. Il était le seul à avoir jamais accompli quelque chose dans ce monde. Il aurait fait sortir les esclaves d'Égypte pour les délivrer et en faire un peuple puissant. Mais le ministre n'avait pas réussi à savoir s'il y avait un rapport avec le Dieu de Juda.

Projet d'un long voyage

Après cette conversation dans le magasin du marchand, il eut un long entretien avec la reine. Dès le lendemain, il donna l'ordre à ses domestiques d'entreprendre les préparatifs d'un grand voyage. Le ministre savait qu'il devait s'attendre à une longue pérégrination par l'Égypte, le long de la Mer Rouge et à travers le désert. Ce voyage, en compagnie d'une caravane, durerait des semaines, si ce n'est des mois. Il parcourrait donc des milliers de kilomètres en vain, s'il ne trouvait pas ce qu'il cherchait.

Il chargea ses serviteurs les plus dignes de confiance d'exercer consciencieusement ses fonctions en son absence. Il était fermement décidé à trouver lui-même ce Dieu puissant, au pays de Juda, capable de ressusciter les morts. Sa fonction, sa reine et sa fille bien-aimée devraient se passer de lui, il avait maintenant quelque chose de plus important à faire.

Les jours suivants, ses serviteurs encombrèrent caves et celliers de provisions de voyage. Des sacs furent remplis de denrées non périssables, l'eau et le vin versés dans des outres et la nourriture pour les bêtes de somme mise dans des ballots. On empaqueta des couvertures et des coussins pour la nuit, des assiettes, des pots et des cruches pour les repas. Tout fut méticuleusement compté, emballé et rangé dans ses dépendances.

Le jour du départ, ses chameliers, serviteurs et domestiques chargèrent le tout sur des chameaux. Le caravanier s'installa sur sa monture et prit tranquillement la tête du convoi. Les autres chameaux lui emboitèrent le pas. Quant au ministre, il était confortablement installé dans un char, pourvu d'une protection pour le soleil.

Rien ne pouvait plus le retenir d'entreprendre son dur voyage à travers le désert.

Au désert

Tandis qu'il voyageait installé dans son char, les immenses paysages de montagnes d'Éthiopie défilaient sous ses yeux. Les flancs de montagnes orientés vers l'est étaient particulièrement verdoyants, tandis que les vallées occidentales semblaient sèches et brunâtres. Plus tard, les vallées fertiles du Nil les entourèrent avec leurs champs verts où des paysans s'affairaient, vêtus de simples pagnes courts pour leurs pénibles travaux sous un soleil ardent. Partout on pouvait observer des femmes en longs vêtements portant sur la tête de lourdes jarres de terre pleines d'eau précieuse qu'elles ramenaient à la maison.

Au bout de nombreux jours, ils atteignirent la Vallée des Rois. D'anciens pharaons étaient ensevelis dans ces fameux tombeaux, de même que, plus tard, dans les pyramides de Gizeh, encore plus connues. Ils témoignaient tous de la croyance des Égyptiens à une vie après la mort. Ces chambres funéraires monumentales, qui avaient survécu à des milliers d'années, représentaient autant de pharaons croyants attendant la résurrection. On les avait pourvus, non seulement de beaucoup d'or et de nombreux objets précieux, mais aussi de toutes sortes d'aliments. Ils prenaient au sérieux la vie après la mort. De même, les somptueuses demeures et les palais qui jalonnaient leur chemin manifestaient combien les riches avaient dû aimer la vie ici-bas.

Au rythme des chameaux, le ministre recueillait toutes ces impressions, tel un pêcheur qui amasse des poissons dans son filet. Il avait tout son temps. Parfois, il consignait ses impressions sur un morceau de papyrus. Il promenait ses regards jusqu'à l'horizon et notait le moindre mouvement qui animait cette œuvre d'art. Il était si impatient de savoir ce qui l'attendait au pays de Juda qu'il aurait voulu y voler. Il avait tant de questions et espérait de tout son cœur avoir enfin des réponses.

Mais dans cette étendue désertique, le voyage en direction de Juda ne progressait que lentement, De temps en temps, ils rencontraient d'autres caravanes ou des voitures tirées par des chevaux et ils se saluaient avec courtoisie. Elles s'éloignaient de plus en plus de leur lieu d'origine jusqu'à ce que leurs silhouettes se réduisent, à l'horizon, à un grain de sable qui se mêlait alors au sable du désert. La troupe faisait de longues haltes, surtout quand elle avait l'occasion d'atteindre une oasis. Le ministre et sa suite cherchaient alors un endroit à l'ombre des palmiers. Parfois, ils devaient passer la nuit au milieu du désert. Ses domestiques faisaient manger et boire les bêtes et son cuisinier préparait les repas pour le camp.

Devant eux s'étalait une étendue qui semblait infinie. Le désert consumait le moindre brin d'herbe pendant la journée et gelait toute vie non protégée durant les heures glaciales de la nuit. De loin, la caravane du ministre ressemblait à un collier de perles avançant pesamment dans le sable. La brise légère qui les accom-

La caravane chemine dans le désert

pagnait la journée se transformait parfois en tempête de sable qui, tel un animal fou furieux, faisait valser le sable et obscurcissait le soleil. Soudain, la chaleur torride diminuait et faisait place à un vent cinglant qui comblait de sable toutes les fentes, les cavités et les trous dans les vêtements des chameliers. La caravane n'avait alors pas d'autre choix que de se blottir à l'abri de la tempête et d'attendre, comme pétrifiée, que le vent se calme. Chaque fois qu'il se couchait sous le ciel étoilé, le ministre se réjouissait de s'approcher un peu plus de ce mystérieux pays de Juda. Au fur et à mesure, les jours et les nuits devenaient de moins en moins supportables dans cette solitude désertique, mais chacun se confortait à la pensée qu'il aurait bientôt atteint la ville de Jérusalem.

Petit à petit, le paysage changeait. D'abord apparurent quelques buissons d'épines isolés, puis ils aperçurent des touffes d'herbe sèche, augmentant de plus en plus, jusqu'à recouvrir tout le sol. A l'horizon, on pouvait même apercevoir des arbres, derrière lesquels se dessinaient des montagnes. Le lendemain, ils rencontrèrent les premiers paysans qui travaillaient dans leurs champs. Ils étaient arrivés au pays de Juda.

Vue sur la ville rêvée

Ils apercevaient enfin la silhouette de Jérusalem. Comme la ville se trouvait sur une hauteur, le ministre put la découvrir bien plus tôt que si elle avait été dans la plaine. Il était tout joyeux à la pensée qu'il trouverait bientôt ce Dieu qu'il désirait si ardemment connaître. C'était une ville de toute beauté, Jérusalem – avec sa place publique pleine d'une vie effervescente ! Les jolies maisons et les magasins dans les rues et ruelles attiraient de nombreux étrangers.

Le ministre avait enfin atteint ce pays lointain dont il avait entendu dire des choses si étranges. Aux abords de la ville, la caravane fit halte dans un caravansérail, comme on appelait les hôtels à cette époque. Les chameliers et les domestiques conduisirent les animaux aux étables. D'autres chargèrent les bagages du ministre sur leurs épaules et les portèrent dans l'auberge. Le moment de pouvoir enfin pénétrer dans la ville était arrivé. Auparavant, il avait instruit ses domestiques qu'il voulait y aller seul et qu'on ne devait en aucun cas l'appeler «Seigneur», comme de coutume. Il avait l'intention de rester anonyme pour pouvoir mieux entrer en contact avec les gens.

La situation de la ville était vraiment remarquable. De hautes murailles s'élevaient sur un promontoire rocheux et on distinguait au loin le gigantesque mur d'enceinte du célèbre Temple qu'un roi, malgré sa malveillance, avait fait construire durant son règne, un demi-siècle auparavant. Il passa par l'une des imposantes portes de la ville.

La ville, très grande pour l'époque, débordait d'un charme inexplicable avec ses ruelles et sa place animée. Des passants flânaient sans but. Ici et là, certains s'activaient dans leurs tâches journalières. D'autres étaient assis sur les bancs et les marches de la place du marché et observaient l'agitation des rues avoisinantes. Le ministre s'arrêta un instant et regarda autour de lui. Puis, il décida de se joindre aux personnes assises sur les bancs. En un premier temps, il se laissa imprégner par la féérie de cette ville étrangère. Autour de lui se trouvait un autre monde. Des hommes aux traits et aux costumes exotiques allaient et venaient devant lui. Les maisons, les rues, les arbres mêmes offraient à l'œil une symphonie de couleurs vives. Les senteurs de cette ville avaient une note qui lui était inconnue dans son pays natal.

D'innombrables personnes interrogées

Un homme assis sur un banc, voyant le ministre s'approcher, le salua d'un hochement de tête. Celui-ci lui rendit son salut d'une légère inclination, comme il était de coutume dans son pays. Un court moment, ils échangèrent des propos divers, puis le ministre lui posa brusquement la question qui le démangeait. Par bonheur, l'homme assis à côté de lui semblait avoir une bonne connaissance du Dieu des Juifs. Il raconta comment ce dernier les avait autrefois délivrés de l'esclavage et les avait fait sortir d'Égypte. Mais, après son long récit, l'homme ajouta sa propre opinion à ce sujet : l'histoire n'était pour lui qu'une belle légende. Le ministre était à la foi étonné et déçu. Il demeura encore longtemps assis, se demandant s'il avait été trop naïf de croire à l'histoire du marchand qui vendait sans doute autant de ragots et de potins que d'étoffes.

Mais il voulait continuer sa recherche du Dieu des Juifs. Il se proposa de questionner tous ceux qu'il rencontrerait dans la rue. Les gens groupés autour d'un joli puits, les marchands dans leurs magasins, les vieilles femmes et les jeunes gens dans les ruelles : il allait tous les interroger.

Peut-être en trouverait-il au moins un qui lui révèlerait où trouver Dieu. Il obtint de nombreuses réponses ce jour-là. L'un d'eux s'exclama même : «Le Dieu des Juifs, qu'est-ce que j'en sais ?», d'autres, par contre, pensaient : «Je n'ai rien à faire avec ce Dieu !»

Une vieille femme lui répondit : «Ah, jeune homme, ce dieu, tu n'as pas besoin de le chercher plus loin, il est dans ta conscience !» Le ministre fut très déçu par les habitants de Jérusalem. Chacun avait sa propre opi-

Le ministre s'informe auprès d'une vieille femme

nion au sujet de Dieu, ce qu'il avait de la peine à comprendre. «Dieu serait dans ma conscience ?» Il continua sa route à travers les ruelles, posant la question à presque tous ceux qui croisaient son chemin. L'un disait que le Dieu des Juifs se trouvait dans le Temple, d'autres encore prétendaient qu'Il se tenait sur le Mont des Oliviers. Certains affirmaient même que le Dieu des Juifs était dans le cœur de tout un chacun. D'autres prétendaient qu'Il avait oublié Son peuple puisqu'ils étaient tombés sous la domination des Romains.

Nouvel espoir au Temple

Finalement, le ministre arriva au Temple dont l'apparence magnifique l'impressionna fortement. Aux alentours du Temple se bousculaient des marchands et des changeurs. Ils offraient des tourterelles en cages, des manuscrits et toutes sortes d'objets qui semblaient avoir à faire avec le culte du Dieu des Juifs. Il s'approcha d'un stand de rouleaux de parchemins.

- Qu'y a-t-il écrit là-dedans ? demanda le ministre au marchand.

- Tout ce qui concerne le Dieu tout puissant et le monde !

- Pour ce qui est du monde, j'en sais déjà beaucoup, mais je cherche, en Juda, ce Dieu qui a le pouvoir sur la mort et la vie éternelle, déclara le ministre.

- Alors, vous êtes ici au bon endroit ! J'ai les manuscrits d'Esaïe, d'Ézéchiel et de beaucoup d'autres prophètes. J'ai aussi le livre de la loi de Moïse ! Lequel voulez-vous, Seigneur ? demanda le marchand.

- Puis-je trouver le Dieu des Juifs dans ces rouleaux ? s'enquit le ministre, un peu sceptique. J'ai entendu dire qu'Il avait ressuscité des morts. Ce que je cherche, c'est le Dieu vivant, ce ne sont pas des légendes sur des dieux quelconques, insista le ministre.

- Ne voulez-vous pas quand même savoir ce que Dieu a dit ? Alors, tenez, prenez ce rouleau, il vous montrera le chemin qui conduit au Dieu vivant !

Sur ces mots, il acheta le coûteux manuscrit d'Esaïe. Des foules de gens déambulaient autour du Temple. Certains entraient, d'autres sortaient. Ne lui avait-on pas dit que Dieu habitait dans le Saint des saints, à l'intérieur du Temple, mais que personne n'avait le droit d'y aller, sauf le Grand Sacrificateur, et même cela, une seule fois par an ? Il s'approcha de la porte principale, à l'ouest, et arriva dans la cour extérieure qu'on appelait aussi «la cour des païens».

Il admira les splendides motifs des colonnades et les inscriptions ouvragées. Un homme en vêtements de sacrificateur reconnut immédiatement en lui le païen étranger à sa peau sombre et à son vêtement. Il accourut à l'entrée du Temple pour l'empêcher d'y pénétrer. «Les étrangers n'ont pas le droit d'entrer !» dit le sacrificateur d'un air rébarbatif.

- Je suis un ministre d'Éthiopie ! Le Temple me serait-il fermé à moi aussi ? répliqua-t-il.

Le ministre questionne un sacrificateur

- C'est justement aux païens que l'accès au saint Temple de Dieu est interdit, répondit brusquement le sacrificateur.

- J'ai entendu dire qu'Il avait guéri les infirmes dans les rues de Jérusalem ! N'accordera-t-Il pas d'audience à un ministre ? Ai-je moins de valeur à ses yeux qu'un infirme de la rue ?

- Dans le livre de la loi de Moise, il est écrit qu'Il n'accorde d'audience ni aux païens, ni aux eunuques, ni aux bâtards.

- A qui accorde-t-Il audience alors ?

- A Son peuple seul, Israël !

- Dans mon pays, j'ai adopté une jeune orpheline. Je l'ai accueillie dans ma maison, je l'ai habillée et nourrie pour qu'elle ne souffre plus de privations. Votre Dieu n'aurait-Il pas pitié d'un étranger qui Le cherche ?

- La loi l'impose ainsi ! dit le sacrificateur en s'excusant, mais restant ferme sur sa position.

- J'ai entendu dire qu'Il pouvait guérir les malades et même ressusciter les morts. Il aurait guéri beaucoup d'aveugles, de sourds et de souffrants dans les rues de Jérusalem ! Ne voudrais-tu pas au moins demander au Dieu des Juifs s'Il voudrait s'occuper de moi ?

- Ah ! dit le sacrificateur, comme si maintenant il avait compris ce que le ministre voulait dire en réalité. Tu cherches ce charlatan qui prétendait être le Fils de Dieu ?

- Je ne sais pas s'Il est un charlatan ou non. Je cherche le Dieu qui a le pouvoir d'accomplir des miracles en Juda, répliqua le ministre.

- Il est venu quelquefois au Temple et a étudié les Saintes Écritures. Une fois, Il a renversé les tables là-dehors. Un pauvre homme qui ne savait pas ce qu'il disait. Une fois, j'ai entendu moi-même qu'il prétendait être le roi des Juifs et le fils de Dieu. Bien sûr, nous nous sommes moqués de lui.

- As-tu aussi vu s'Il guérissait des malades ? demanda le ministre.

- Oui ! Alors qu'un malade touchait le bord de son vêtement, Il lui a dit : «*Ta foi t'a guéri.*» Mais, au fond, je n'ai pas bien compris ce qui se passait là.

Grande déception

Pour la première fois, le ministre éprouva le sentiment que son espoir de trouver le Dieu des Juifs s'amenuisait de plus en plus. Jamais il n'avait été aussi déçu qu'à l'instant où le sacrificateur lui avait fait comprendre qu'il avait entrepris son long et périlleux voyage pour un charlatan. Pourtant, il n'abandonnait pas encore.

Il voulait en savoir plus sur cet homme et continua de questionner le sacrificateur :

- Combien de malades et d'aveugles a-t-Il guéri ?

- J'ai entendu dire que tous les malades, les aveugles et les sourds qui venaient à Lui ont été guéris. On disait même que les gens qui étaient possédés par de mauvais esprits en étaient délivrés. Pour couronner le tout, Il prétendait même pouvoir pardonner les péchés des hommes.

- Celui qui fait de tels miracles ne peut être que le Fils de Dieu. Il ne peut être un homme ordinaire comme nous ! s'exclama le ministre.

- Le Fils de Dieu ? Jamais de la vie ! Il n'a même pas respecté le repos sabbatique. Malgré tous nos avertissements, Il guérissait les malades le jour du sabbat. Un vrai Fils de Dieu aurait strictement observé le sabbat.

- Où puis-je trouver ce Fils de Dieu, peux-tu me le dire ? Je voudrais quand même bien voir ce «charlatan» comme tu l'appelles.

Le sacrificateur éclata d'un rire moqueur : - Ce pauvre Fils de Dieu, nous l'avons livré pour blasphème à Ponce Pilate, le représentant de l'empereur romain dans notre territoire occupé. Figure-toi que Ponce Pilate l'a fait crucifier avec deux autres criminels. Ce Fils de Dieu n'a même pas pu se sauver lui-même et descendre de la croix. Son soi-disant Père, Dieu, l'a aussi abandonné, juste au moment où il aurait eu le plus besoin de son aide. Ce n'était qu'un pauvre fils de charpentier qui n'avait même pas assez d'argent pour se permettre une tombe. Un riche a pris son corps et l'a enterré.

- Et après ? demanda le ministre, car une question très importante était encore sans réponse. Que dit le Dieu des Juifs à ce sujet ? N'a-t-Il pas dit quelque part qu'Il enverrait son Fils pour guérir les malades ?

- Dans les Écritures, de nombreux prophètes ont annoncé que Dieu enverrait un Messie[2] aux Juifs, mais celui-là n'était certainement pas le Messie.

Lecture au Mont des Oliviers

La conversation animée aurait pu s'éterniser si le sacrificateur n'avait eu des obligations au Temple. Il s'excusa et s'en retourna. Le ministre demeura un instant à la porte comme cloué sur place, essayant de comprendre cette histoire et ses nombreuses contradictions. Puis, descendant les marches du Temple, il retourna dans la rue, perdu dans ses pensées. Qu'est-ce donc que ce Dieu qui refuse de recevoir un ministre et qui fait res-

---

2 Le mot «maschiach» utilisé dans l'Ancien Testament signifie «oint» (Messie). En Israël, les sacrificateurs et les rois étaient solennellement introduits dans leurs fonctions par une onction d' huile (Exode 29,7 ; 1 Samuel 10,1). La désignation «oint» n'était à l'origine employée que pour le roi. Dans leur parole prophétique, les prophètes voient un roi à venir, de la descendance de David, un «oint», qui sera sacrificateur et roi en une personne.

susciter les morts par Son Fils ! Est-ce peut-être le dieu des morts ?

De telles questions, et bien d'autres, tournoyaient dans sa tête. Au coin de la rue, il prit un chemin qui menait à un jardin, au pied du Mont des Oliviers. Le soleil brillait dans un ciel lumineux, les oiseaux chantaient et ne se laissaient pas déranger, tandis qu'un ministre d'Éthiopie déambulait dans ce jardin appelé Gethsémané par les gens du pays. Il s'assit sous un olivier et s'adossa au vieux tronc. Il tenait encore le manuscrit d'Esaïe en main. C'était son dernier espoir. Peut-être lui montrerait-il la voie qui mène au Dieu vivant. Tous ceux qu'il avait rencontré dans les rues, sur la place et au Temple de Jérusalem semblaient vouloir l'attirer sur une fausse piste. Il savait qu'il ne s'était pas approché d'un seul pas du Dieu de Juda. Résigné, il ouvrit le livre et se mit à lire. Dans sa jeunesse, il avait appris à lire les langues et l'écriture des Egyptiens, des Assyriens et des Juifs. Ce savoir avait, entre autre, facilité son ascension à la cour de la reine Candace.

«Cieux, écoutez ! Terre, prête l'oreille ! Car l'Éternel parle. J'ai éduqué et j'ai élevé des fils. Mais ils se sont révoltés contre moi. Le bœuf connaît son possesseur et l'âne la crèche de ses maîtres ; Israël ne me connaît pas, mon peuple ne comprend pas» (Esaïe 1,2-3).

Pauvre roi ! murmura le ministre. Qui aurait cru qu'un peuple puisse être si peu reconnaissant envers son roi ? Il continua de lire, ligne après ligne, ce que ce roi écrivait sur son peuple. Il était fasciné par lui. Il l'imaginait comme quelqu'un revêtu d'un vêtement de justice. Si je ne trouve pas Dieu en Juda, je voudrais au moins faire la connaissance de ce roi, pensait-il. Lorsqu'il se remit à lire, il se rendit finalement compte que ce roi qui lui était si sympathique, ce Seigneur, ne pouvait être que le Dieu des Juifs Lui-même.

Le temps s'écoula très vite dans le jardin, bien qu'il fût resté longtemps au pied de l'arbre. Lorsqu'il eut terminé le manuscrit, il se leva et retourna au caravansérail où il devait séjourner avec sa suite les jours prochains.

Après de nombreuses recherches infructueuses dans les rues de Jérusalem, le ministre, alors qu'il prenait son repas du soir dans une auberge du bazar, fit la connaissance d'un homme hors du commun. Il s'était approché de ce personnage dont l'apparence lui rappelait ceux qui fréquentaient les alentours du Temple. Son long vêtement[3] au bord orné de glands et les téfilines[4] sur son front et son bras gauche attiraient l'attention. Leurs regards se croisèrent alors qu'ils dînaient non loin l'un de l'autre. Le ministre fit un léger salut de la tête. Cette salutation fut la clé d'un coffre à trésor, car il s'en suivit une conversation animée à laquelle le ministre ne se serait pas attendu. Il s'avéra que l'homme barbu était un Juif très croyant. Ils entrèrent rapidement en contact, et cet homme pieux se mit à lui parler d'un mode de vie extrêmement cohérent. Il ne mentait pas, donnait la dîme et respectait strictement le sabbat. Son savoir compétent sur les lois

---

3 Marc 12,38

4 Matthieu 23,5

et les commandements de Dieu fut d'une grande valeur pour le ministre.

C'est ainsi qu'il apprit, pour la première fois, qu'on pouvait obtenir la vie éternelle en observant les commandements divins. Il se sentit plus près du but que jamais. Mais alors, une grande déception l'accabla : l'étranger lui apprit que le Dieu d'Israël n'était là que pour les Israélites. Ils devaient L'adorer dans le Temple. Les étrangers n'y étaient pas admis.
Le ministre soupira ; ne l'avait-il pas déjà entendu de la bouche du sacrificateur ?

- N'y a-t-il aucune espérance pour les autres peuples ? demanda-t-il.

- Si quelqu'un cherche Dieu de toute sa force et respecte les instructions pour se convertir au judaïsme, il peut venir au Temple, comme par la petite porte pour ainsi dire, fut la réponse hautaine.

- Et que faut-il faire alors, quand on a adopté la foi juive ? continua le ministre.

- Alors il faut garder soigneusement les commandements qui sont consignés dans la loi de Moïse, sinon on ne pourra jamais plaire à Dieu, répondit l'étranger. Moi, poursuivit-il d'un ton fier, moi, par exemple, je suis un Pharisien. Ce sont les plus stricts de tous, et je suis en train de me demander si j'ai même le droit de manger avec toi à cette table, car nous devons nous tenir éloignés des païens. Dans la Thora, Dieu nous a donné les dix commandements et 613 autres lois. Pour pouvoir Lui plaire encore plus, nous avons largement augmenté le nombre de Ses lois.

Le ministre avait, même de loin, une allure des plus nobles, mais maintenant il se sentait si humble et si malheureux qu'il restait assis sans un mot, prostré dans son chagrin.

L'étranger reprit : - Bien sûr, tout le monde ne peut pas être aussi pieux que moi. Dieu y a aussi pensé et a instauré le jour des propitiations : Yom kippour. Il a lieu tous les ans en automne. Le grand sacrificateur porte le sang d'un animal sacrifié dans le Saint des saints, à l'intérieur du Temple, où Dieu habite, et il prie Dieu pour le pardon des péchés du peuple entier. Tous les péchés de l'année écoulée sont ainsi pardonnés.
Le ministre se renseigna : - Mais qu'arrive-t-il à ceux qui meurent avant ce grand jour ?
Le pharisien répondit froidement : - Ou bien ils ont scrupuleusement observé les commandements, comme moi par exemple, ou bien ils vont dans la géhenne, là où le feu ne s'éteint pas.

Pour le ministre, cette déclaration fut tout simplement accablante. Si déjà tant de Juifs ne satisfaisaient pas aux exigences de Dieu, quelles étaient ses chances à lui, païen ? Le pharisien se rendit compte du désarroi de l'étranger et voulut le réconforter : «Mais, un jour, tout ira mieux. Le Messie arrivera et fera en sorte que nous serons tous croyants et que nous règnerons sur les païens dans Son merveilleux royaume.» Il le dit de manière profondément convaincue, sans prendre garde à ce que cela signifiait pour le ministre qui était justement l'un de ces païens. Le fait que le Messie n'était pas encore venu donna le coup de grâce à son espoir. La question torturante revint à son esprit : «Que se passera-t-il s'Il ne vient pas avant que je meure ?» Il se leva péniblement, prit congé du pharisien d'un signe de tête poli et s'éloigna d'un pas lourd en direction de son auberge.

Plusieurs semaines passèrent. Le ministre allait et venait dans les rues de Jérusalem, espérant toujours trouver un homme de bon sens qui pourrait lui montrer le Dieu de Juda. Le soir, il déroulait son manuscrit.

Cependant, beaucoup de passages lui étaient incompréhensibles, tel que celui-ci :

«Car un enfant nous est né, un fils nous est donné et la souveraineté reposera sur ses épaules ; on l'appellera Admirable, Conseiller, Dieu puissant, Père éternel, Prince de la paix. A l'accroissement de son empire, et à la paix, il n'y aura pas de fin» (Esaïe 9,5-6a).

Comme personne n'avait pu lui être en aide, il décida, à contrecœur, de repartir le jour suivant. Après avoir demandé à ses serviteurs de préparer le départ, il se rendit une dernière fois dans les rues pour se renseigner sur ce Dieu. Cette fois, il eut une nouvelle idée. Il voulait interroger les malades, les aveugles et les sourds. Eux, au moins, ils devraient avoir entendu parler de ce Dieu qui guérissait les infirmes qu'ils étaient. Le ministre se souvint des nombreux infirmes et aveugles qui mendiaient dans les rues et à l'entrée du Temple. Il retourna au Temple et trouva un aveugle accroupi sur les marches. Avec ses haillons et ses chaussures usées, il offrait un spectacle pitoyable. Lorsque l'aveugle entendait les pas des passants s'approcher, il tendait un gobelet contenant quelques pièces. «Personne n'a-t-il pitié de moi au nom de Dieu ?», criait-il d'une voix implorante. Le ministre s'arrêta en face de lui. Il sortit sa bourse et déposa quelques pièces dans le gobelet. L'aveugle remercia en entendant tinter la monnaie. Le ministre se baissa et lui demanda :

- Le Dieu des Juifs n'est-Il pas venu te voir pour que tu puisses recouvrer la vue ?

- Avec tous ces aveugles et ces malades qui L'entouraient, je n'ai pas réussi à m'approcher de Lui, répliqua l'aveugle.

- Où était-Il ? demanda le ministre.

- C'était à Jérusalem. Il est venu dans cette ville. Une grande foule Le suivait. J'ai pris mon bâton et j'y suis allé aussi. Mais les gens m'ont fait partir et je n'ai pas pu être guéri. Il y avait un infirme qui mendiait tous les jours devant le Temple. Lui, il a réussi. Le Fils de Dieu l'a guéri.

- Sais-tu où je pourrais le trouver ? insista le ministre.

- Depuis qu'il est guéri, il ne veut plus rien avoir à faire avec moi. Je ne peux pas te dire où il se trouve.

- Pourquoi cela ? Tu ne sais pas où il habite ? s'enquit le ministre.

- Ne vois-tu donc pas ? Je ne suis qu'un mendiant dont l'amitié compte peu ! Si j'étais quelqu'un de noble, tout le monde chercherait ma compagnie.

Le mendiant se détourna, car il avait entendu venir quelqu'un à qui demander une aumône. Notre ministre avait enfin trouvé une piste qui, elle aussi, ne le menait malheureusement nulle part. Il était grand temps pour lui de retourner chez la reine.

Départ sur le coup de la déception

La caravane, avec ses chameaux surchargés et ses chameliers aux longues robes amples, coiffés de leurs turbans, se mit en marche pour Gaza, en direction du sud. Le ministre avait l'intention d'y faire halte et de consulter, là aussi, les habitants du lieu sur leur dieu.

Non loin du centre de Jérusalem vivait un fidèle serviteur de Dieu. Il habitait une petite maison, dans une ruelle animée, avec sa femme et ses quatre filles pleines de bon sens. Toute la famille était pieuse et modeste. Cet homme de Dieu, Philippe, aurait pu parler au ministre du Dieu des Juifs qui avait le pouvoir de ressusciter les morts. Malheureusement, ils ne s'étaient jamais rencontrés dans les rues de Jérusalem. Philippe avait pris la décision de suivre le Prince de Paix des Juifs depuis qu'il avait fait Sa connaissance et avait été témoin de Ses miracles.

Au moment même où le ministre quittait Jérusalem, l'ange de Dieu vint à Philippe et lui dit :«*Lève-toi et va du côté du midi, sur le chemin qui descend de Jérusalem à Gaza, celui qui est désert !*»[5]

Apparition soudaine d'un étranger

Philippe se leva et se rendit sur le chemin du sud, comme l'ange du Seigneur le lui avait ordonné. Sur cette route solitaire, il rencontra la caravane de l'homme puissant de la reine éthiopienne. Le ministre siégeait dans son char recouvert d'un baldaquin en étoffes précieuses. Il semblait plongé dans la lecture du rouleau manuscrit qu'il tenait à la main. Il lisait à voix haute, dans ce désert, les paroles du Dieu des Juifs et il avait de plus en plus de joie à entendre ces paroles venant de sa propre bouche. Il ne remarqua pas Philippe qui s'approchait.

Quand Philippe aperçut l'homme, l'Esprit du Seigneur lui parla et lui dit : «*Approche-toi et rejoins ce char !*»

Philippe salua l'homme : «La paix soit avec toi, Seigneur !»

- Et avec toi ! répondit le ministre.

- Où vas-tu et pourquoi cette hâte ? demanda Philippe.

---

5 Actes des Apôtres 8,26

- A Gaza, pour essayer de trouver le Dieu des Juifs et adorer Celui qui peut accorder la vie éternelle, dit le ministre en invitant Philippe. «Viens t'asseoir près de moi !»

Philippe en conversation avec le haut fonctionnaire

Un serviteur du ministre s'approcha en hâte et aida Philippe à s'installer aussi confortablement que possible à côté du ministre. Philippe vit que l'étranger tenait le rouleau d'Esaïe en sa main. Il se pencha et jeta un coup d'œil sur le passage qu'il lisait.

- *Comprends-tu ce que tu lis là ?* demanda Philippe.

- *Comment le pourrais-je, si personne ne me guide ?* J'ai lu beaucoup de livres dans ma vie, mais avec ce texte, je ne m'en sors pas. J'ai de plus en plus l'impression qu'il y a ici quelque chose d'important dont je ne saisis pas le sens. Si seulement quelqu'un pouvait me l'expliquer ! se désola le ministre.

- D'où viens-tu et où vas-tu ? s'enquit Philippe.

- Je viens d'Ethiopie. Là, je suis ministre à la cour de la reine. Un jour, dans mon pays, j'ai entendu un marchand raconter que le Dieu de Juda ressuscitait les morts. C'est Lui que je cherche.

- L'as-tu trouvé ? demanda Philippe.

- Malheureusement, non. J'ai parcouru en vain les rues et la place de Jérusalem. Pendant des semaines, j'ai été à la recherche de ce Dieu. Personne n'a su me dire où Il était. On ne m'a même pas laissé entrer dans Son temple ! ajouta le ministre découragé.

But atteint

- Oh ! Mais là, je vais pouvoir t'aider. Cela peut te paraître incroyable, mais je connais personnellement cet Homme dont il est question dans ton livre. Je L'ai rencontré plusieurs fois. Je n'ai jamais entendu qui que ce soit parler avec autant de puissance et d'amour à la fois. Tout ce qu'Il faisait m'a profondément ému.

- Alors, tu es Son ami ? demanda le ministre.

- Je ne suis que Philippe, Son fidèle serviteur, répliqua-t-il.

- Le marchand, à Jérusalem, m'a assuré que le texte avait plus de 700 ans. La question qui s'est posée à moi, en lisant, est de savoir si l'écrivain parlait de lui-même ou d'un autre. Mais si tu dis que tu Le connais, cela me déconcerte profondément. Comment le comprendre ? Tu ne voudrais pas te moquer de moi ? Cet écrit a plusieurs centaines d'années et tu dis que tu as vu toi-même cet Homme ?

Le passage qu'il était en train de lire était le suivant : *«Il a été maltraité, il s'est humilié et n'a pas ouvert sa bouche, semblable à l'agneau qu'on mène à la boucherie, à une brebis muette devant ceux qui la tondent ; il n'a pas ouvert sa bouche. Il a été emporté par la violence et le jugement ; dans sa génération, qui s'est soucié de ce qu'il était retranché de la terre des vivants, à cause des crimes de mon peuple, de la plaie qui les avait atteints ?»* (Esaïe 53,7-8).

Le ministre se tourna vers Philippe et lui demanda : *«De qui le prophète dit-il cela ? De lui-même ou de quelqu'un d'autre ?»*[6]

- Je comprends bien ton problème. Il est vrai qu'il est difficile de voir le rapport entre ces faits, pourtant ce que je te dis est vrai. Nombreux sont ceux qui ont réfléchi au texte du prophète Esaïe. Au cours des siècles, beaucoup de livres ont été écrits là-dessus. Tu seras peut-être surpris, mais moi je peux te donner une réponse définitive sur cet Homme et sur tout ce qui Le concerne. Le prophète Esaïe parle ici du Messie pro-

---

6 Actes des Apôtres 8,34

mis. Il est ce Sauveur dont Dieu a annoncé la venue des siècles auparavant. Or ceci s'est accompli de notre vivant. Il est né à Bethléhem, non loin de Jérusalem. Ce fait aussi, Dieu nous l'a annoncé, il y a environ 750 ans, par le prophète Michée, un contemporain d'Esaïe. Quand Il eut environ trente ans, Il rassembla autour de Lui douze hommes et annonça la bonne nouvelle de Dieu partout dans le pays. Comme Ses fidèles étaient à Son école, il les appela «disciples». Je n'ai jamais entendu prêcher quelqu'un comme Lui, bien qu'Il n'ait jamais reçu d'éducation supérieure. Mais Il n'a pas seulement prêché, Il a aussi guéri beaucoup de personnes de leurs maladies. Je n'ai moi-même assisté qu'à peu de choses, mais mon homonyme, un autre Philippe, était l'un des douze et il m'a raconté par le menu tout ce qu'il a vécu. Il me semble, avec du recul, que c'est comme si j'avais été avec eux dès le début. Il m'a décrit, par exemple, l'événement suivant :

«Un jour, nous étions dans un bateau, sur le lac de Génésareth, lorsque nous fûmes pris dans une violente tempête. Nous tremblions de peur parce que le bateau menaçait de sombrer. Mais Lui dormait profondément, comme si tout cela ne Le concernait pas. Quand, dans notre désespoir, nous L'avons réveillé, Il nous traita de gens de petite foi, puis éleva Sa main et ordonna à la tempête de se taire. Immédiatement, la mer tumultueuse se calma. Nous n'avions jamais vu ça.»

- Le marchand de mon pays avait donc bien raison. Continue de raconter. Cela m'intéresse beaucoup.

Philippe se mit alors à lui relater plus de détails concernant l'évangile, la bonne nouvelle du Messie dont le marchand ne lui avait rapporté que peu de choses.

- Une autre fois, les douze étaient en chemin avec Lui, lorsqu'ils entendirent que Son ami de Béthanie était tombé gravement malade. Il faut que tu saches qu'Il avait le pouvoir de guérir toutes les maladies. Les disciples en avaient souvent fait l'expérience.

- Ils sont alors tout de suite partis pour Béthanie ?

- Pas du tout ! Les disciples ne le comprirent pas non plus. Il leur dit, au contraire, de rester encore là durant deux jours. Quand Il arriva finalement avec eux au village, le malade était mort et de nombreux amis, voisins et parents étaient venus pour les funérailles. C'étaient des pleurs et des lamentations à n'en plus finir. Mais il était trop tard. D'un ton de reproche, Marthe, la sœur de Lazare, Lui dit : «*Si Tu avais été là, mon frère ne serait pas mort.*» Mais quand les disciples virent ce qui arriva, ils n'en crurent pas leurs yeux. Il donna deux ordres. D'abord : «*Ôtez la pierre !*» Marthe Lui expliqua : «*Il est là depuis quatre jours.* Avec cet air chaud et lourd, la décomposition est avancée. *Il sent déjà.*» Mais le Maître ne se laissa pas dissuader et fit rouler la pierre. Alors Il s'écria à voix haute vers le tombeau taillé dans le rocher : «*Lazare, sors dehors !*» Tous ceux qui assistaient en eurent le souffle coupé, ils n'avaient jamais vu une chose pareille. Le mort sortit sur le champ. Le corps était encore enveloppé de son linceul, comme de coutume. Les gens présents, témoins oculaires de première heure, furent profondément impressionnés par ce qu'ils venaient de voir. Ils réalisèrent en même temps qu'Il ne pouvait être que le Fils de Dieu, le Messie d'Israël. Aussitôt, ils crurent en Lui.

La curiosité du ministre était insatiable :

- Dis-moi, pourquoi n'es-tu plus auprès de Lui maintenant ? Un tel homme, je ne L'aurais pas quitté d'une semelle !

Philippe éclata d'un rire franc :

- J'attendais la question ! Il a aimé les hommes comme personne d'autre n'a aimé. Il leur a fait du bien comme nul autre auparavant. Il n'a jamais fait de mal. Même Ses ennemis ne purent trouver aucun péché en Lui. Malgré cela, pleinement conscient de leur acte, les hommes L'ont condamné et L'ont cloué à une croix.

Le ministre interrompit Philippe :

- A une croix ? J'en ai déjà entendu parler. Veux-tu parler de ce charlatan qui a été crucifié avec deux autres malfaiteurs ?

- Qui t'a dit que c'était un charlatan ? Philippe était surpris que cet étranger, venu de si loin, appelât le Messie du nom de charlatan.

- Lorsque j'étais à la recherche du Dieu des Juifs, je me suis rendu au Temple à Jérusalem, mais un sacrificateur ne m'a pas permis d'y entrer. Pendant notre court entretien, il m'a fait comprendre que le dieu que je cherchais, celui qui faisait ressusciter les morts et pouvait guérir les malades était un charlatan. Il aurait été crucifié par Ponce Pilate et n'aurait pas été capable de se sauver lui-même et de descendre de la croix. Pourquoi ne s'est-il pas défendu s'il était si puissant ?

- Oh, Il aurait pu le faire ! Mais Il a tout supporté sans une plainte. Depuis longtemps, Il avait préparé les douze disciples à Sa propre mort. Mais eux ne voulaient pas croire qu'Il dût souffrir une telle mort. Il l'avait expliqué à maintes reprises : «Il faut qu'il en soit ainsi. Il faut que je meure pour les péchés des hommes. Si Je ne prends pas vos péchés sur Moi en mourant, vous demeurez dans vos péchés et vous êtes passibles du jugement de Dieu.» Il leur montrait sans arrêt clairement que le péché ne pouvait pas être pardonné autrement. Sa mort remonte déjà à quelque temps. Il a été crucifié en dehors des portes de cette ville que tu viens de visiter. Un centurion romain a exécuté cet acte infâme. Cet homme de guerre, endurci, avait souvent exécuté des crucifixions publiques. Il savait bien comment les hommes réagissaient dans cette situation limite. Les cris et les jurons alternaient, entrecoupés de gémissements et de crises de suffocation. Il avait souvent observé de près le scénario de ce combat acharné contre la mort, pouvant durer des heures. Mais ce qu'il voyait là détrompait toutes ses expériences passées. Il y avait là Quelqu'un qui mourait de manière complètement différente. Il n'avait pas un mot de plainte contre ses bourreaux. Pendant qu'une foule hurlante se moquait de Lui, Il priait Son père dans les cieux : *«Père, pardonne-leur, car ils ne savent ce qu'ils font.»*

- Excuse-moi de t'interrompre. Mais, chez le prophète, il y a cette phrase : *«Il n'a pas ouvert sa bouche, semblable à l'agneau qu'on mène à la boucherie.»* N'est-ce pas exactement la situation de la crucifixion ?

- Oui, c'est tout à fait ça ! Le prophète décrit exactement ce dont je te parle. À Son dernier souffle, Il a dit encore : *«C'est accompli.»* Il voulait dire par là que le plan de Dieu pour le salut des hommes était maintenant accompli. Jamais encore quelqu'un n'avait dit de telles paroles sur une croix. Là, il s'était passé quelque chose d'extraordinaire. Le centurion romain comprit lui-même une vérité très importante qu'il exprima aussitôt en public : *«Celui-ci était véritablement le Fils de Dieu.»* Personne ne le lui avait dit. Il l'avait conclu de lui-même en voyant ce qui venait de se passer.

- Permets-moi de t'interrompre encore. Après tout ce que j'ai entendu jusqu'ici, je le crois aussi. Il ne peut pas avoir été un homme ordinaire. Je constate de plus en plus clairement que c'est de cet homme crucifié dont il est question dans mon rouleau. Mais continue de raconter. Cette histoire est passionnante.

- Mais je ne t'ai pas encore dit le plus beau. Il n'est pas resté dans la mort. Il n'a Lui-même jamais fait de mal. Il était véritablement sans péché. C'est pour cela que la mort n'a pas pu Le retenir. Le troisième jour, Il est revenu à la vie.

Le ministre écarquilla les yeux, respira profondément et s'écria, rempli d'étonnement :

- Comment ? Il est à nouveau vivant ? Ce n'est pas possible ! Quelqu'un L'a-t-il vu ?

- Oui ! Les disciples avaient été informés à l'avance, mais pas un ne voulait vraiment le croire. Cependant, ils n'avaient aucune raison de douter, car ce qu'Il disait était vrai, sans exception. Un jour, Il dit : *«Je suis la vérité.»*[7] Lorsqu'ils Le virent ressuscité devant eux, lorsqu'ils Lui eurent parlé, L'eurent touché et même mangé avec Lui, ils en furent absolument sûrs. Tout ce qu'Il avait dit était vrai. A Béthanie, il avait dit : *«Je suis la résurrection et la vie.»*[8] Mais personne n'avait pu alors apprécier le sens de cette phrase.

- Mais où est-Il à présent ? S'Il est vivant, je voudrais absolument faire Sa connaissance.

- Tu poses la question la plus belle et la plus importante qu'on ne puisse jamais poser. Une fois ressuscité, Il a donné à Ses disciples la mission de parler de Lui à tous les hommes. Il a dit littéralement : *«Tout pouvoir m'a été donné dans le ciel et sur la terre. Allez, faites de toutes les nations des disciples, baptisez-les au nom du Père, du Fils et du Saint Esprit et enseignez-leur à garder tout ce que je vous ai prescrit. Et voici, je suis avec vous tous les jours, jusqu'à la fin du monde.»*[9] C'est ainsi qu'Il a pris congé de Ses disciples, puis un nuage L'a enlevé de de-

---

[7] Jean 14,6

[8] Jean 11,25

[9] Matthieu 28,18-20

vant leurs yeux. Il est alors retourné auprès de Son père dans les cieux. Tandis qu'ils Le regardaient partir, deux hommes en vêtements blancs leur apparurent soudain – des anges de Dieu – et les réconfortèrent : «*Vous, Galiléens, pourquoi vous arrêtez-vous à regarder au ciel ? Celui qui a été enlevé au ciel du milieu de vous reviendra de la même manière dont vous L'avez vu aller au ciel.*»[10] Très souvent, Il leur avait dit qu'Il reviendrait à la fin des jours, visible de tous sur la terre – à ce moment-là, plus tel un enfant dans une crèche, comme à Sa première venue, mais dans toute Sa puissance et Sa gloire. Il exercera alors le jugement sur tous les hommes. Personne ne pourra échapper à ce jugement. Ce jour-là, une seule chose comptera : nous sommes-nous placés entièrement de Son côté pendant notre vie ?

- Tout cela est très nouveau pour moi. J'aurai encore beaucoup à y réfléchir. Mais, dis-moi, Philippe, si j'ai bien compris, il s'agit pour chacun de nous de s'engager entièrement pour Lui et de Le suivre. Puis-je le faire moi aussi ? Est-ce-que c'est également valable pour un Éthiopien ?

- Ta conclusion est parfaitement exacte. Les hommes de tous peuples, tribus et nations peuvent venir à Lui et Il les sauvera. Ceci s'applique donc également à toi qui viens de la lointaine Éthiopie.

- Pourtant, je trouve une chose étrange. Nous avons tant parlé de Lui, mais tu as toujours dit «Il», comme il est aussi écrit dans mon rouleau. N'a-t-Il pas de nom ?

---

10 Actes des Apôtres 1,11

- Oh, si ! Il a même un nom tout particulier. Il s'appelle Jésus.

- Je n'ai encore jamais entendu ce nom. Chez nous, en Éthiopie, il y a beaucoup de beaux noms, mais je n'en ai jamais entendu un semblable.

- Il y a une histoire intéressante au sujet de ce nom. Les prophètes qui écrivaient les paroles de Dieu ne connaissaient pas encore Son nom. Dieu l'a longtemps caché. Juste peu de temps avant Sa naissance, un ange a annoncé : *«… elle enfantera un fils, et tu lui donneras le nom de Jésus.»*[11] Ce nom est placé par Dieu Lui-même au-dessus de tout nom. Jésus est autre chose qu'un beau nom. Ce nom est tout un programme. Il n'a pas cessé de nous enseigner qui Il était : «Je suis le bon berger, Je suis la lumière du monde, Je suis le chemin pour aller au Père, Je suis la porte qui mène au ciel, Je suis la vérité, Je suis la vie.» Le nom de Jésus renferme tout cela. Personne n'a jamais pu parler de soi de la même manière au cours de l'histoire du monde. Mais chez Lui, cela convenait. Ces paroles étaient identiques à Son être. Il était vraiment le Sauveur promis par Dieu, l'Oint, le Messie, le Christ. *«C'est pourquoi Dieu L'a aussi haut élevé et Lui a donné le nom qui est au-dessus de tout nom.»*[12] Celui qui invoque ce nom est sauvé et ne sera pas jugé, mais il reçoit la vie éternelle – autrement dit, le ciel.

---

[11] Matthieu 1,21

[12] Philippiens 2,9

- Je voudrais encore une fois revenir sur la raison de mon voyage. Dans mon pays, j'avais entendu dire qu'il devait y avoir un dieu. Pendant des semaines, j'ai cherché ce Dieu à Jérusalem. Je voulais même L'adorer, mais je ne L'ai trouvé nulle part. Connais-tu le chemin pour aller à Dieu ?

- N'as-tu pas encore réalisé que Jésus est le chemin pour aller à Dieu ? Il est même le seul chemin. Aucun autre chemin ne te conduira à Lui. Toutes nos propres tentatives pour arriver à Dieu sont de faux chemins. En Jésus, Dieu est venu au-devant de nous. C'est Lui seul que Dieu a destiné pour la foi.[13] *«Le salut ne se trouve en aucun autre ; car il n'y a sous le ciel aucun autre nom donné parmi les hommes, par lequel nous devions être sauvés.»*[14]

- Est-ce que je te comprends bien : nous ne pouvons pas venir directement à Dieu ? Ce n'est vraiment possible que par ce Jésus ?

- Tu as parfaitement compris ! Celui qui veut venir à Dieu sans Jésus méprise la volonté de Dieu. Car Dieu a expressément donné Son fils pour que nous recevions la vie éternelle grâce à Lui. Jésus nous a acquis ce salut à la croix, c'est pourquoi Il est le seul à pouvoir l'accorder.

- Maintenant, je comprends pourquoi le pharisien religieux n'a pas pu me montrer le chemin pour al-

---

[13] Romains 3,25

[14] Actes des Apôtres 4,12

ler à Dieu. Il parlait beaucoup de Dieu, mais il ne Le connaissait pas lui-même parce qu'il rejetait Jésus.

- Tu es à présent tout près de trouver le salut. Invoque le Seigneur Jésus dans une prière, confesse-Lui tes péchés et invite-Le à venir dans ta vie.

Le ministre s'étonna d'entendre Philippe parler de ses péchés :

- Qu'entends-tu par péchés ? J'ai été toute ma vie un homme bon. J'ai été honnête envers ma reine, mes serviteurs et mes amis. Je ne les ai jamais trompés. Je ne leur ai jamais refusé une demande quand je pouvais l'exaucer. Les mendiants qui frappaient à ma porte, je ne les ai jamais renvoyés les mains vides. Et tu dis que je serais un pécheur ? répliqua le ministre.

- N'as-tu jamais menti, volé ou haï quelqu'un ? demanda Philippe.

- Ah, si ! Quand j'étais enfant, j'ai menti parce que j'avais peur que mes parents ne me punissent s'ils apprenaient mes bêtises. Nous avons aussi volé les fruits du jardin des voisins. Mais tout cela remonte à des années !

- Oui, cependant pour tout cela aussi nous sommes pécheurs devant Dieu ! ajouta Philippe.

- Mais Dieu ne nous a-t-Il pas créés menteurs dès le début ? C'est bien comme cela que j'ai pu éviter la punition de mes parents ! affirma le ministre.

Philippe se mit alors à lui expliquer comment le mensonge était entré dans le monde, comment avait eu lieu le premier meurtre entre deux frères, Caïn et Abel, et comment, peu à peu, la tromperie, la jalousie et l'envie s'étaient mises à dominer notre vie. Quand ce dernier eut terminé ses explications, le ministre parut très dépité. Il avait toujours cru qu'il était un homme bon. Mais, à présent, il voyait l'image de propre juste qu'il avait eue de lui-même s'effondrer comme un château de sable emporté par les vagues. Philippe lui parla alors de la Bonne Nouvelle, de l'évangile du Messie et de la manière dont nous pouvons sortir de ce dilemme. Le ministre n'avait été informé que de manière très vague par le marchand.

- L'essentiel de l'Evangile se résume ainsi. Tous les hommes sont perdus parce qu'ils transgressent les commandements de Dieu et sont passibles de Son jugement. Comme le Messie s'est chargé de nos péchés à notre place sur la croix, nous sommes acquittés et avons ainsi accès à la vie éternelle. Ceci signifie que nous avons accès au ciel. Tous ceux qui acceptent personnellement l'offre de l'amour de Dieu et de Son Fils ont un nouveau statut : *«Nous sommes citoyens des cieux.»*[15]

[15] Philippiens 3,20

- Après tout ce que j'ai appris aujourd'hui, je veux inviter Jésus à entrer dans ma vie. Il se mit à prier : «Jésus, viens ! Veuille pardonner tous mes péchés ! Accepte-moi comme Ton serviteur, comme Philippe. Donne-moi la force de T'être éternellement fidèle. Où que Tu ailles, aide-moi à Te suivre ! Quoi que je fasse, que ce soit en accord avec Toi !»

- Maintenant, tu es un enfant de Dieu. Jésus est ton Sauveur et le Dieu des cieux est devenu ton Père. Un enfant de Dieu est aussi héritier du ciel. Ta richesse est dorénavant plus grande que celle de Candace, la reine d'Éthiopie.

- C'est aussi simple que cela ? demanda le ministre.

- Oui, c'est aussi simple, parce que cela vient de Dieu, ce n'est pas une invention des hommes ! confirma Philippe.

- Que faut-il que je fasse pour avoir la vie éternelle après la mort ? demanda le ministre.

- Croire simplement en Jésus-Christ, continuer de prier et Le suivre ! dit Philippe.

- J'ai encore une question, Philippe. Mes serviteurs, ma fille et ma reine peuvent-ils aussi recevoir la vie éternelle ?

Philippe sourit :

- Oui, Dieu les invite tous, sans exception !

- C'est tout ? ajouta le ministre, comme s'il avait peine à croire qu'on puisse accéder si facilement à la vie éternelle. Je n'arrive pas encore à saisir ce qui vient de m'arriver. Il faut d'abord que je descende de mon char pour pouvoir exprimer toute ma joie. N'est-ce pas inconcevable ? Est-ce simplement un hasard ? J'achète le livre d'Esaïe, sans savoir le trésor que je viens d'acquérir, je lis exactement le passage où il est question du Fils de Dieu qui apporte le salut. Je ne comprends pas le texte, juste au bon moment tu arrives pour m'aider. Non seulement cela, mais l'histoire du salut vient juste de s'accomplir. Sans l'intervention de Dieu, ce n'est pas concevable.

- Tu as cherché Dieu de tout ton cœur. Tu l'as même cherché à grands frais ! Il a promis que celui qui en fera ainsi Le trouvera avec certitude. C'est la promesse qui se trouve dans les anciens écrits : «*Vous me chercherez et vous me trouverez, car vous me chercherez de tout votre cœur. Je me laisserai trouver par vous…*»[16] C'est ce que tu viens d'expérimenter. Je dois encore te révéler qu'un ange de Dieu m'a chargé de venir te rencontrer. Dieu a donc répondu directement à ta recherche.
Le ministre allait de surprise en surprise.

- Il faut que je te dise encore quelque chose d'important sur ce Jésus qui est devenu ton Seigneur. Cette nuit, quand tu lèveras la tête, tu verras un beau ciel étoilé. Sais-tu qui est l'auteur de ces œuvres merveilleuses ?

---

16 Jérémie 29,13-14a

C'est Celui que tu connais maintenant aussi personnellement. C'est ce même Jésus qui nous a sauvés à la croix. Tout est réuni en Sa personne : il est le Sauveur, il est le Crucifié, il est le Ressuscité, et il est également le Créateur de cette terre et de l'univers entier avec toutes ses étoiles.

- Je suis de plus en plus abasourdi. Tu racontes des choses tellement grandes au sujet de mon nouveau Seigneur. Mais je voudrais encore savoir si c'est vraiment tout ce qu'il faut faire : exprimer cette prière et croire en Lui ?

- Oui ! Oui, répondit Philippe. Les choses les plus précieuses sont les plus simples ! Mais tu as raison, il manque encore une chose ! Fais-toi baptiser au nom de Jésus. Tu témoigneras ainsi que ton ancienne nature appartient au passé. Jésus Lui-même nous a transmis ce que le baptême signifie. Pour celui qui vient à croire en Lui, le baptême est le pas qui en découle. Le baptême témoigne devant le monde visible et invisible que j'ai pris la décision de me mettre entièrement du côté de Jésus. Que ce soit dans ma vie ou dans ma mort, je Lui appartiens. Le baptême est l'entrée dans une nouvelle sphère de vie. Il atteste le rejet de l'ancienne vie que j'ai vécue sans Christ.[17] La foi et le baptême forment une unité, c'est pourquoi le Seigneur Jésus a dit : *«Celui qui croira et qui sera baptisé sera sauvé.»*[18] Le baptême est donc aussi un acte d'obéissance.

---

[17] Romains 6,4

[18] Marc 16,16

Philippe baptise le ministre

Un peu plus tard, lorsqu'ils passèrent près d'un lac où le ciel bleu se reflétait, le ministre exprima le désir d'être baptisé, comme s'il avait attendu ce moment avec impatience :

«Voici de l'eau ; qu'est-ce qui m'empêche d'être baptisé ?» Le ministre ordonna d'arrêter la caravane. Avec l'aide de ses serviteurs, il descendit en hâte de son char et s'élança vers l'eau.

Philippe le suivit sur la rive bordée de plantes et descendit dans l'eau avec lui. L'eau cristalline foisonnait de poissons, grands et petits. La suite du ministre observait la scène. Ils se demandaient ce qui arrivait à leur maître de descendre dans ce lac avec un étranger et pour quelle raison cet inconnu le plongeait dans l'eau.

- *Si tu crois de tout ton cœur, cela est possible,*[19] dit Philippe.

Le ministre répondit et dit : *«Je crois que Jésus-Christ est le Fils de Dieu.»*[20]

- Tu t'es tourné délibérément vers le Seigneur Jésus, c'est pourquoi tu es désormais croyant. Je peux donc te baptiser en raison de ta foi. Je te baptise au nom de Dieu, ton Père dans les cieux, de Son Fils Jésus, ton Sauveur, et de l'Esprit Saint qui te conduira dorénavant dans toute la vérité. Tu te souviendras de ce symbole : l'immersion dans l'eau représente en quelque sorte notre mort avec Christ, car *«... nous tous qui avons été baptisés en Jésus-Christ, c'est en Sa mort que nous avons été baptisés.»*[21] Quand tu ressortiras de l'eau, c'est comme si tu ressuscitais. *«Si l'esprit de celui qui a ressuscité Jésus d'entre les morts habite en vous, celui qui a ressuscité le Christ Jésus d'entre les morts donnera aussi la vie à vos corps mortels par son esprit qui habite en vous.»*[22]

Le ministre se sentit comme né de nouveau quand il sortit de l'eau. On aurait dit qu'il avait laissé toute sa vie antérieure dans le lac. Il était joyeux comme jamais auparavant, car il avait toujours été un homme grave. Ce qu'il disait ou faisait était bien pesé. Ses compagnons ne le reconnaissaient plus. Jusqu'à présent, il leur avait paru un peu pensif et triste, mais maintenant, il était plein de légèreté et de joie.

---

19 Actes des Apôtres 8,37
20 Actes des Apôtres 8,37
21 Romains 6,3
22 Romains 8,11

- Je suis si reconnaissant envers Dieu qu'Il m'ait permis de Le trouver. Philippe, tu m'as ouvert les yeux ! Je m'étais résigné à repartir. Mais maintenant, j'ai trouvé Dieu, en Jésus ; et ceci dans cette région déserte, près d'un lac. Je n'arrive pas encore à le croire. Mais je me suis rendu compte d'une chose : Dieu ne se cantonne pas à un endroit précis pour être trouvé. Nous pouvons Le trouver partout, si nous le voulons. Mais nous ne Le trouvons qu'en Jésus seul. Mon cœur éclate de joie. Ce voyage a été le plus important de ma vie. J'apporte à mes compatriotes la meilleure de toutes les nouvelles.

Tandis qu'il parlait encore, Philippe disparut de devant ses yeux. Mais rien n'étonnait plus le ministre. Il continua son chemin d'un cœur joyeux. Quant à Philippe, on le retrouva à Azot. Il voyageait et évangélisait toutes les villes par lesquelles il passait.

Le retour

Le ministre repartit joyeusement dans le désert avec sa caravane, en direction de l'Éthiopie. Pour parler aux autres de sa nouvelle foi, pendant ce long voyage, il voulait attendre une occasion favorable. Mais d'abord, il désirait passer en revue pour lui-même tout ce qu'il avait entendu de la part de Philippe.

Dans la suite du ministre, il y avait un petit garçon dégourdi qui aidait le cuisinier. C'était un tout jeune esclave appartenant au caravanier. Il remplissait les outres d'eau dans les oasis, attisait le feu et servait à boire aux assoiffés. Le jeune Ménélik avait grand plaisir à voyager des jours durant avec ses compagnons adultes à travers les pays étrangers. Les grandes personnes le taquinaient et l'agaçaient parfois de leurs plaisanteries malignes. Mais grâce à son esprit enfantin, il leur pardonnait et n'était pas le moins du monde rancunier.

Lorsque la caravane fit une halte auprès d'un affluent du Nil, le cuisinier envoya le jeune garçon à la rivière pour remplir une outre. Courant et sifflant joyeusement, il disparut de leur vue. Dès sa naissance, l'eau avait exercé une grande fascination sur le petit Ménélik. Dans son pays d'origine qui se trouvait au nord de l'Éthiopie, il y avait de grandes rivières qui débordaient par temps de pluie. Il se souvenait particulièrement du Nil Bleu qui prenait sa source dans le lac de Tana. Il s'y était souvent baigné. Ici, en Égypte, c'était aussi le long du Nil que la caravane voyageait, tandis que, sur la gauche, s'étendait la vaste steppe poussiéreuse. Quand il vit l'eau claire du fleuve couler devant lui, cette fascination le subjugua à nouveau. Il serait tellement merveilleux d'être un poisson. Ménélik mit turban, chaussures et vêtements de côté et sauta dans l'onde fraîche. En barbotant, il oublia toutes ses besognes. L'eau nettoyait son corps de la poussière du désert, assouplissait ses lèvres desséchées par le soleil, rafraîchissait sa tête et l'entourait de ses doux bras de sorte que Ménélik aurait préféré ne jamais en ressortir.

Ne voyant pas le garçon revenir, le cuisinier se fâcha. Il appela un serviteur et le chargea de chercher Ménélik. L'homme trouva le garçon en train de s'ébattre joyeusement dans l'eau et le réprimanda sérieusement. Ménélik fut plus contrarié de devoir quitter l'eau qu'il aimait tant, que par les réprimandes. Il sortit à contrecœur, enfila ses vêtements et coiffa son turban. Ensuite, il remplit son outre et, ensemble, ils retournèrent au camp. Celui-ci s'étendait à l'ombre clairsemée de quelques arbres. Les chameaux broutaient non loin de là, au bord du fleuve. Un mince panache de fumée s'élevait du feu de camp. Le ministre et ses hommes s'étaient installés sous un arbre. Quand le jeune Ménélik s'approcha, ils le taquinèrent.

- Où étais-tu ? Une ondine t'a-t-elle enlevé ? demanda le cuisinier.

- Je n'ai pas vu d'ondine ! répliqua-t-il.

- Alors, qui est-ce qui t'a retenu si longtemps ? s'enquit un autre.

Ménélik se fâcha de ce que les hommes n'aient aucune compréhension pour son envie de baignade. La remarque que le chef de la caravane lui fit en disant qu'il devait d'abord remplir ses devoirs, et qu'il n'était pas là pour s'amuser, l'affligea également. Durant la nuit, les piqûres de moustiques qu'il avait subies en prenant sa baignade commencèrent à le démanger. Tandis que les hommes dormaient paisiblement, il se tournait et se retournait sur sa couche en se grattant.

Une nuit de Ménélik

Des intrus

La caravane du ministre poursuivit son chemin vers le sud. Tout semblait paisible. Lorsqu'à la nuit tombante ils eurent pénétré tranquillement dans un défilé, ils entendirent soudain des hurlements accompagnés de piétinements de chevaux. Des guerriers armés de longs javelots s'approchaient au galop des deux côtés de la caravane. Les hommes prirent peur. Ils savaient que des brigands peuplaient la région. Les brigands, à l'allure belliqueuse, se précipitèrent sur les hommes et les forcèrent à descendre des chameaux. Lorsque l'un d'eux essaya de résister, il fut blessé. Le ministre fit comprendre aux agresseurs qu'ils n'avaient rien de précieux avec eux. Malgré cela, les brigands se jetèrent sur les bagages suspendus aux chameaux. Bien malgré eux, le ministre et sa suite durent se plier aux exigences des attaquants. Les brigands ouvrirent les sacs et les caisses, jetèrent les huiles, les étoffes et le rouleau du ministre à terre, ceux-ci n'ayant pour eux aucune valeur, et continuèrent de chercher l'or espéré.

Le ministre se souvint de son nouveau Dieu et, dans ces moments terribles, il se mit à prier. Il dirigea ses yeux vers les rochers et s'écria à voix haute, comme si Jésus surveillait le défilé avec sa lance :

- Jésus-Christ ! Notre Seigneur ! Si les poissons se laissent prendre dans Tes filets, si l'eau se transforme en vin, si les pains se multiplient et la tempête se calme, et que tout ceci arrive par obéissance à Ta parole, je veux T'être fidèle. Je Te prie maintenant de venir à notre secours ! Aie pitié de nous !

Les brigands et la suite du ministre se tournèrent vers les rochers, mais n'y découvrirent personne. Cependant, ils soupçonnèrent qu'il devait y avoir quelque chose là-haut. Les brigands éperonnèrent leurs chevaux et repartirent au galop aussi vite qu'ils étaient apparus. La suite du ministre se demanda, tout étonnée, à qui il venait de s'adresser. Troublés, mais soulagés, les hommes se regroupèrent. Les sacs et les caisses étaient répandus par terre. Le blessé, qui gémissait de douleur, saignait de la poitrine.

Qui peut aider ?

Après que les hommes eurent ramassé tout ce qui traînait à l'entour, la caravane voulut se remettre en marche. Mais le blessé perdait du sang et n'était pas capable de se mettre en selle. Les hommes furent forcés de s'arrêter à nouveau. Le cuisinier alluma le feu, les serviteurs sortirent des couvertures et installèrent l'accidenté sur une couche confortable. Le chef de la caravane se chargea du traitement. Il banda la blessure et posa sur la poitrine de l'homme une amulette en pierre turquoise, de la forme d'un scarabée.

Quand le ministre vit qu'une amulette égyptienne était placée sur la poitrine du blessé, il demanda au caravanier :

- Que veux-tu faire avec ceci ?

- Monsieur le ministre, c'est pour apporter la guérison !

- Tu ne vas pas croire que des pierres mortes peuvent guérir quelqu'un ?

- Mais c'est notre ancienne tradition, Monsieur le ministre ! Cela calme le malade. Dans la pierre, il y a la puissance des dieux !

Le ministre vit qu'il était temps de leur parler de ce Dieu qui pouvait guérir sans amulettes. Celui à qui le vent, l'eau, les arbres et les poissons obéissaient et qui avait même banni la terreur de la mort. Quelqu'un qui obéit à Sa parole n'a pas besoin d'amulette pour guérir, ni comme porte-bonheur, ou pour éloigner les mauvais esprits. Ce Dieu est venu dans le monde. C'est Jésus et Il dit de Lui-même : *«Toute puissance m'est donnée dans les cieux et sur la terre.»*[23] IL est donc aussi le Maître de toute maladie. Il raconta en détail pourquoi il avait fait ce voyage long et fatigant et pourquoi, pour finir, il était descendu dans le lac avec l'étranger.

Quand il eut fini son discours, quelques-uns se mirent à rire.

- Mais, Monsieur le ministre, notre vénérable et ancien royaume n'a pas besoin d'un nouveau dieu ! s'exclamèrent-ils.

Le blessé qui était couché près de lui, les yeux fermés, et l'avait écouté attentivement, demanda :

- Monsieur le ministre, dites-moi comment il a banni la crainte de la mort ! Moi, j'ai terriblement peur de mourir.

Le ministre lui rapporta alors ce que Philippe lui avait raconté quand il l'avait rejoint sur le chemin. Le malade se redressa péniblement sur sa couche et pria le ministre de s'approcher : «Monsieur le ministre, priez pour moi ! Priez ! Il faut que Jésus-Christ m'aide. Si je retourne en bonne santé dans mon village, je parlerai de Jésus-Christ qui peut guérir les malades et qui a vaincu la mort pour nous.» Il retomba sur sa couche tandis que le sang suintait à travers ses pansements.

La nuit arriva, les insectes grésillaient, les étoiles scintillaient, le vent s'était calmé. Le ministre se mit à prier

---

23 Matthieu 28,18

Jésus pour le blessé qui gémissait doucement. Le moral de la troupe était abattu. Personne ne trouvait le sommeil. Beaucoup réfléchissaient à ce que le ministre leur avait dit. Est-ce que Jésus pouvait vraiment guérir les malades ?

Encore un malheur

Une semaine était passée depuis que Ménélik avait profité de sa baignade rafraichissante. Au début, les piqûres de moustiques lui avaient occasionné quelques jours désagréables. Ménélik aussi se souciait du destin du blessé. S'il mourait, où irait son âme ?

Le lendemain, les hommes se levèrent tôt. Ils s'enquirent immédiatement de l'état du blessé. Il était encore en vie et très reconnaissant. Mais leur attention fut vite attirée sur quelqu'un d'autre. Le jeune Ménélik tremblait comme une feuille sous sa couverture, alors que le soleil chauffait déjà. Les hommes se regardaient l'un l'autre, se demandant ce qui arrivait au jeune garçon. Certains soupçonnaient qu'un mauvais esprit s'était emparé de lui. Le chef de la caravane prit une outre et répandit de l'eau autour du camp pour le purifier symboliquement. Puis il posa une amulette sur la couverture de l'enfant.

Le ministre observait le rituel avec malaise. Il s'assit auprès de Ménélik et entreprit de le réconforter. Le garçon avait une mine pitoyable. Le ministre pria pour lui après avoir jeté l'amulette dans les buissons. Le caravanier en fut tout effrayé mais ne put contredire son maître.

Jésus guérit

Peu après la prière, le garçon ressentit un changement dans son corps frileux. Il avait de plus en plus chaud et une vague de fièvre s'empara de lui. Des gouttes de sueur perlèrent sur son front et son visage devint d'un rouge écarlate. Il éclata en sanglots en rejetant ses couvertures. Les démangeaisons avaient repris. La suite du ministre observait la scène. Ils se demandaient si cet homme appelé Philippe avait appris la magie à leur maître. Être au service d'un ministre avec des forces magiques était une affaire délicate. Ils ne voulaient rien avoir à faire avec cela.

Les hommes restèrent entre eux et laissèrent le ministre seul avec les deux malades. La caravane campa là quelques jours. L'état du blessé s'améliorait de jour en jour, mais le jeune Ménélik était sans arrêt tourmenté par des frissons de fièvre. Il était à peine conscient. Le blessé se faisait beaucoup de souci à son sujet, il regrettait de l'avoir grondé après son bain à la rivière. Il aurait tant souhaité que le garçon recouvre sa santé et puisse se baigner à nouveau. Il lui accorderait ce plaisir de bon cœur : «Reste dans l'eau autant qu'il te plaira, mon garçon !», lui dirait-il.

Le blessé s'adressa au ministre : «Va-t-il mourir ?»

- J'espère que non ! Il y a encore un dernier espoir !

- Quel est cet espoir ?

- C'est Jésus ! dit le ministre.

- Mais Jésus n'est pas là ! répliqua le blessé.

- *Je suis avec vous tous les jours jusqu'à la fin des temps !*[24] a promis Jésus.

- Monsieur le ministre, j'ai mal agi envers ce garçon ! Maintenant qu'il est au seuil de la mort, je le regrette beaucoup. Puis-je réparer ma faute avant qu'il ne meure ?

- Viens, prions ensemble ! Quand le garçon reviendra à lui, tu pourras t'excuser auprès de lui.

Le blessé se mit à prier avec le ministre. Le chef de la caravane les observait à distance. Lui non plus n'était pas indifférent à l'état du jeune garçon, d'ordinaire si joyeux. Au fond de lui, il se jura de servir le ministre toute sa vie avec fidélité, s'il arrivait à sauver le petit par sa prière. La tristesse du caravanier se communiqua à la plupart des autres et, cette nuit-là, personne ne put trouver le sommeil.

Ménélik veut gagner des hommes pour le ciel

Les prières du ministre ne furent pas vaines. Le jour suivant, Ménélik allait beaucoup mieux. Au bout de quelques jours, il était tout à fait rétabli. Le chef de la

[24] Matthieu 28,20

caravane ne pouvait croire à son bonheur. Il régnait cependant un grand désaccord sur la manière dont le jeune Ménélik avait été arraché à la mort et pouvait maintenant voyager en parfaite santé dans le char du ministre. La plupart des hommes pensaient que l'amulette avait guéri le garçon. Le cuisinier prétendait que c'étaient ses herbes qui avaient contribué à la guérison. Mais le ministre resta inébranlable : «C'est Jésus-Christ qui l'a guéri !» Et le caravanier le crut éga-

Le ministre explique l'évangile à Ménélik

lement. «Quand je rentrerai à la maison, je donnerai une grande fête. Et je veux en savoir plus sur ce Dieu des Juifs.» Si on l'avait demandé au jeune Ménélik, il aurait montré le ministre du doigt et aurait dit : «C'est le nouveau Dieu du ministre qui s'appelle Jésus !»

Le ministre montra son rouleau à Ménélik en lui disant : «Si toi aussi tu veux connaître mon Dieu, tu dois lire ce qui se trouve dans ce rouleau. Je vais t'en faire la lecture aujourd'hui, mais tâche de bien le retenir...» Ménélik écouta l'histoire de Jésus avec attention et Le reçut le soir même dans sa vie. En ce jour bien spécial de sa vie, il décida de ne pas être plus tard un caravanier. Il voulait apprendre à soigner les enfants malades et à annoncer Jésus. Il avait appris lui-même quel était le meilleur remède : prier le Dieu vivant.

Jasmin Yildiz

Le ministre des finances d'Éthiopie

Le texte biblique des Actes des Apôtres, chapitre 8, versets 26 à 40 est à la base de l'histoire : «Aucun chemin n'est trop long.»

26 Un ange du Seigneur adressa la parole à Philippe et dit : Lève-toi et va du côté du midi, sur le chemin qui descend de Jérusalem à Gaza, celui qui est désert.
27 Et voici, un Ethiopien, un eunuque, haut fonctionnaire de Candace, reine d'Éthiopie, et le surintendant de tous ses trésors, était venu à Jérusalem pour adorer,
28 et il s'en retournait, assis sur son char, en lisant le prophète Esaïe.
29 L'Esprit dit à Philippe : Avance, et rejoins ce char.
30 Philippe accourut et entendit l'Ethiopien qui lisait le prophète Ésaïe. Il lui dit : Comprends-tu ce que tu lis ?
31 Il répondit : Comment le pourrais-je, si quelqu'un ne me guide ? Et il invita Philippe à monter s'asseoir avec lui.
32 Le passage de l'Écriture qu'il lisait était celui-ci : Il a été mené comme une brebis à l'abattoir ; Et, comme un agneau muet devant celui qui le tond, il n'ouvre pas la bouche.
33 Dans son humiliation, son droit a été supprimé ; Et sa génération, qui la racontera ? Car sa vie est supprimée de la terre.

34 L'eunuque prit la parole et dit à Philippe : Je te
prie, de qui le prophète dit-il cela ? De lui-même
ou de quelqu'un d'autre ?
35 Alors Philippe ouvrit la bouche et, commençant
par ce texte, il lui annonça la bonne nouvelle de
Jésus.
36 Comme ils continuaient leur chemin, ils arrivèrent
à un point d'eau. Et l'Eunuque dit : Voici de l'eau ;
qu'est-ce qui m'empêche d'être baptisé ?
37 Philippe dit : Si tu crois de tout ton cœur, cela est
possible. L'eunuque répondit : je crois que Jé-
sus-Christ est le Fils de Dieu.
38 Il ordonna d'arrêter le char ; tous deux descen-
dirent dans l'eau, Philippe ainsi que l'eunuque, et
il le baptisa.
39 Quand ils furent remontés hors de l'eau, l'Esprit
du Seigneur enleva Philippe, et l'eunuque ne le vit
plus, alors que, joyeux, il poursuivait son chemin.
40 Quant à Philippe, il se trouva dans Azot, puis il
évangélisa toutes les villes par lesquelles il passait
jusqu'à son arrivée à Césarée.

POSTFACE

Vous venez de lire l'histoire «Aucun chemin n'est trop long» et nous espérons que vous l'avez lue avec plaisir. Le ministre avait cherché Dieu parce qu'il avait un grand désir de connaître la vie éternelle. En acceptant le Fils de Dieu, Jésus, il a acquis la certitude d'être un jour au ciel. Ce livre a été écrit pour vous procurer, à vous aussi, la même certitude.

Pourquoi vaut-il la peine de passer l'éternité au ciel ? Il n'y a qu'une alternative au ciel, c'est l'enfer. Dans de nombreuses églises, l'esprit du temps a malheureusement fait son entrée et l'enfer est souvent ignoré.

Cependant, Jésus a, non seulement confirmé l'existence de l'enfer, mais aussi mis en garde avec insistance : «*Si ton œil est pour toi une occasion de chute, arrache-le et jette-le loin de toi. Car il est avantageux pour toi qu'un seul de tes membres périsse et que ton corps entier ne soit pas jeté dans la géhenne*» (Matthieu 5,29). Mais Jésus est venu dans le monde avec un but précis : «*Car le Fils de l'homme est venu sauver ce qui était perdu.*» (Matthieu 18,11). Ceci signifie qu'en se tournant vers Christ, nous passerons l'éternité au ciel avec Lui. Ce lieu de séjour est décrit dans 1 Corinthiens 2,9 comme étant infiniment beau : «*Ce que l'œil n'a pas vu, ce que l'oreille n'a pas entendu et ce qui n'est pas monté au cœur de l'homme, tout ce que Dieu a préparé pour ceux qui l'aiment.*» Cette invitation est encore valable aujourd'hui. Si vous y répondez, Dieu vous bénira richement.

Comment puis-je aller au ciel ?

Nous arrivons maintenant à la question la plus importante de notre vie : Comment puis-je être sûr d'aller au ciel ? Jésus l'a dit très clairement ; «*Je suis la porte* (du ciel)» (Jean 10,9) et «*Je leur donne la vie éternelle*» (Jean 10,28). Il a dit encore : «*Moi, Je suis le chemin, la vérité et la vie. Nul ne vient au Père que par Moi*» (Jean 14,6). Par ces paroles marquantes, Jésus a relégué tous les chemins des différentes religions, produits de l'imagination humaine, au niveau de fausses routes. Lui seul – aucune église, aucun acte humain, aucune religion – ne peut nous conduire au ciel. Pas à pas, ce chemin est expliqué dans le récit sous forme de dialogue. Si vous voulez emprunter ce chemin, vous pouvez le faire maintenant, à l'aide des instructions suivantes :

Se connaître soi-même à la lumière de la Bible : Nous lisons dans Romains 3,22-23 : «*Car il n'y a pas de distinction : tous ont péché et sont privés de la gloire de Dieu.*» Ce passage nous montre notre perdition devant le Dieu vivant. A cause du péché qui nous sépare de Dieu, nous n'avons aucun accès auprès de Lui et rien qui puisse nous rendre agréable à Ses yeux. En bref, nous n'avons aucun mérite devant Dieu et ne possédons rien qui puisse nous réconcilier avec Lui. Depuis le péché originel, il y a un abîme profond entre le Dieu de la Bible et l'humanité pécheresse. Êtes-vous d'accord avec l'appréciation de Dieu sur l'état de péché de l'humanité entière ?

Une seule issue : il n'y a qu'*un seul* chemin pour nous sortir de ce dilemme. Cette issue a été décidée par Dieu Lui-même. Son Fils Jésus-Christ a pris sur Lui, à la croix, la peine que nous avions méritée pour nos péchés. Il a souffert à notre place. Jésus est venu pour sauver ce qui était perdu (Matthieu 18,11). Le salut ne peut être trouvé en personne d'autre, ni d'aucune autre manière (Actes des Apôtres 4, 12). Êtes-vous également d'accord sur ce fait ?

Confessez vos péchés : Dans 1 Jean 1,8-9, nous lisons : «*Si nous disons que nous n'avons pas de péché, nous nous séduisons nous-mêmes, et la vérité n'est pas en nous. Si nous confessons nos péchés, il est fidèle et juste pour nous pardonner nos péchés et nous purifier de toute injustice*». En vertu de Son œuvre de rédemption à Golgotha, Jésus a le pouvoir de pardonner les péchés. Si nous nous réclamons de Ses déclarations et Lui confessons nos fautes en Lui demandant pardon, nous pouvons être sûrs qu'Il tiendra Sa promesse. Nous pouvons compter sur Lui pour nous délivrer de nos fardeaux et de leurs conséquences éternelles. Après avoir réalisé ces choses essentielles, il s'agit maintenant d'agir. Y êtes-vous prêt ? Si vous acceptez, vous pouvez le dire au Seigneur Jésus dans une prière (ce qui suit est la proposition d'une prière formulée librement) :

> *«Seigneur Jésus, j'ai vécu jusqu'à présent comme si Tu n'avais jamais existé. Maintenant j'ai compris qui Tu es, c'est pourquoi je m'adresse à Toi dans cette prière. Je sais maintenant qu'il y a un ciel mais aussi un enfer. Sauve-moi, je Te prie,*

de l'enfer où je mériterais d'aller à cause de ma culpabilité et surtout de mon incrédulité. Je voudrais Te demander d'être avec Toi dans le ciel pour l'éternité. Je comprends que je ne peux pas y aller par mes propres mérites, mais seulement par la foi en Toi. C'est parce que Tu m'aimes que Tu es mort pour moi sur la croix et que Tu as pris sur Toi mes fautes et as payé pour moi. Je T'en remercie. Tu vois toutes mes fautes, celles aussi que j'ai commises dans ma jeunesse. Tu connais tous les péchés que j'ai commis dans ma vie – ceux dont je me souviens, mais aussi ceux que j'ai oublié depuis longtemps. Tu sais tout de moi. Tu es au courant de tous mes états d'âme, que ce soit la joie ou la tristesse, le bien-être ou le découragement. Je suis devant Toi comme un livre ouvert. Tel que je suis et tel que j'ai vécu jusqu'à présent, je ne peux pas continuer d'exister devant Toi et Dieu le Père, et l'accès au ciel m'est fermé. C'est pourquoi je Te demande de me pardonner tous mes péchés que je regrette de tout mon cœur. Amen»

Vous avez dit au Seigneur tout ce qui était nécessaire (1 Jean 1,8-9). Dieu Lui-même se porte garant de Ses promesses. Qu'en pensez-vous ? Quel pourcentage de votre culpabilité est acquitté maintenant ? 80 % ? 90 % ? 10 % ? Il est écrit : «*IL nous purifie de* ***toute*** *injustice*» (1 Jean 1,9). Vous êtes donc **entièrement** pardonné ! Oui, à 100 % ! C'est un fait réel, si votre prière est honnête. La Bible attache de l'importance à ce que nous ne voyions pas les promesses de Dieu comme fruit de notre imagination, ni comme possibilité envisageable, ou comme vague espoir. Elles doivent être des certitudes fermes, c'est pourquoi nous lisons dans 1 Pierre 1,18-19 :

> «***Vous savez,*** *en effet, que ce n'est point par des choses périssables – argent ou or – que vous avez été rachetés... mais par le sang précieux de Christ, comme d'un agneau sans défaut et sans tache.*»

Dans 1 Jean 5,13, la confirmation est répétée :

> «*Cela, je vous l'ai écrit, afin que* ***vous sachiez*** *que vous avez la vie éternelle, vous qui croyez au nom du Fils de Dieu.*»

Remise de votre vie **:** Le Seigneur vient de vous pardonner tous vos péchés. Maintenant, vous pouvez Lui remettre votre vie. Dans Jean 1,12, nous lisons :

«*A tous ceux qui l'ont reçu, il a donné le pouvoir de devenir enfants de Dieu, à ceux qui croient en son nom*». Le Seigneur Jésus donne le droit d'être enfants de Dieu à tous ceux qui L'invitent à prendre la direction de leur vie. Nous ne devenons pas enfants de Dieu en récompense de quelque bonne action ou à cause de notre piété ou parce que nous appartenons à une certaine église. Nous devenons enfants de Dieu en confiant notre vie au Fils de Dieu, en ayant le désir de Le suivre avec fidélité, par la force du Saint-Esprit. Nous voulons aussi l'exprimer dans une prière :

> «*Je T'accepte maintenant comme mon Sauveur et mon Seigneur. Prends la direction de ma vie. Je*

voudrais avoir une vie qui Te plaise. Accorde-moi de pouvoir abandonner tout ce qui n'est pas juste à Tes yeux et donne-moi des habitudes qui Te plaisent. Aide-moi à comprendre Ta Parole, la Bible. Aide-moi à comprendre ce que Tu me dis et à trouver toujours à nouveau de la joie en Ta Parole. Montre-moi le chemin que je dois suivre et donne-moi un cœur obéissant pour Te suivre. Je Te remercie de m'avoir exaucé. Je crois en Ta promesse d'être, en me repentant, un enfant de Dieu qui ira un jour au ciel pour l'éternité. Cette grâce imméritée est un grand gain pour moi et je me réjouis à la pensée que Tu es, dès maintenant, à mes côtés dans toutes les situations de ma vie. Aide-moi à trouver des personnes qui croient aussi en Toi et une église où Ta Parole est annoncée avec vérité. Amen.»

Accepté : Le Seigneur vous a reçu ! Il vous a racheté à grand prix, Il vous a sauvé. Vous êtes maintenant un enfant de Dieu. Celui qui est enfant est aussi héritier : héritier de Dieu, héritier du monde céleste. Pouvez-vous imaginer ce qui se passe au ciel ? Dans Luc 15,10, nous lisons : *«De même, je vous le dis, il y a de la joie devant les anges de Dieu pour un seul pécheur qui se repent.»* Le ciel entier s'émerveille quand quelqu'un prend au sérieux le message de l'évangile et l'applique à sa vie. La Bible appelle *conversion* le fait de se tourner vers Jésus. Ce faisant, nous Lui remettons notre culpabilité et Il l'ôte. En même temps, Dieu opère en nous la *nouvelle naissance.* Il nous accorde d'être Son enfant – nous sommes nés de nouveau ! Nous avons une vie nouvelle. Nous sommes des enfants de Dieu. La *conversion* et la *nouvelle naissance* se complètent – elles sont les deux faces de la même médaille.

Reconnaissance : Le salut est le don de Dieu. Son amour seul l'a rendu possible. Nous ne pouvons absolument rien ajouter à cette œuvre de salut. Celui qui reçoit quelque chose en cadeau dit : «Merci !» Dites «Merci» au Seigneur Jésus avec vos propres paroles !

Et maintenant ? La Bible compare votre état actuel à celui d'un nouveau-né. Il fait partie, tout naturellement, de la famille de Dieu et dès maintenant vous Lui appartenez. Les nouveau-nés se trouvent dans une phase délicate de la vie. Il en est de même pour notre vie de foi. Par la conversion, la nouvelle naissance s'est bien passée. La nouvelle, la vraie vie est là. Maintenant, elle a besoin de nourriture (lait) et de soins attentifs. Bien sûr, Dieu a pris, là aussi, toutes les précautions et a tout fait pour la réussite de votre développement. Nous pouvons éviter des dommages pour notre foi en suivant les commandements divins.

Le sermon le plus remarquable qui ait été tenu sur la terre est le Sermon sur la Montagne, prononcé par Jésus (Matthieu 5-7). Il commence par la phrase : *«Heureux les pauvres en esprit, car le royaume des cieux est à eux.»* (Matthieu 5,3). Cette vérité est aussi valable pour vous, car vous ne connaissez pas encore beaucoup de choses du grand trésor de la Bible et vous vous sentez *pauvre en esprit* en comparaison avec d'autres qui lisent la Bible depuis des années. Mais soyez assuré de cette grande richesse.

Faites attention, en cherchant une église, à ne pas tomber sous l'emprise d'une secte (p.ex. les Témoins de Jehova, les Mormons). Vous trouverez, de préférence, un enseignement biblique fondé dans une église évangélique libre.

Les cinq points suivants sont non seulement importants pour le débutant dans la foi, mais ce sont des conditions indispensables à la vie quotidienne de tout croyant avec Jésus. Prenons à cœur ces cinq éléments. Nous serons alors en accord avec la volonté de Dieu et serons sûrs d'atteindre le but de notre destination.

1. La Parole de Dieu

Vous avez fondé votre décision sur la Parole de Dieu, La Bible. La Bible est le seul livre dont l'auteur est Dieu et qui soit autorisé par Lui. En ce qui concerne la vérité et le nombre d'informations de première nécessité, aucun livre du monde n'atteint la Bible. Il est absolument indispensable de lire et de comprendre la Parole de Dieu. Dans 1 Pierre 2,2, il en est souligné l'importance : *«Désirez comme des enfants nouveau-nés le lait non frelaté de la Parole»*. Prenez l'habitude de lire la Bible tous les jours pour apprendre à connaître la volonté de Dieu. Il est recommandé de commencer par la lecture des évangiles (p.ex. l'évangile de Jean). Il y a un certain nombre d'activités que nous répétons tous les matins. Pas un seul jour, vous n'oubliez votre petit déjeuner, ni le brossage des dents. Ajoutez, dès à présent, la lecture de la Bible au programme de votre journée.

2. La prière

Parlez, dès maintenant, avec votre Seigneur. Par Sa Parole, Dieu nous parle et Il voudrait que nous **Lui** parlions aussi. C'est un grand privilège de pouvoir tout Lui dire. Selon la Bible, les prières ne doivent être adressées qu'à Lui seul qui est maintenant votre Père, et à Jésus-Christ, votre Sauveur, votre Bon Berger, votre Ami. La Bible exige expressément de ne prier ni quelqu'un, ni quelque chose d'autre. Toutes les prières adressées à une autre personne qu'à Dieu sont de l'idolâtrie et une abomination au Seigneur. La Bible rend témoignage de prières adressées à Dieu, le Père, et à son Fils, Jésus-Christ. Il n'y a aucun exemple de prière adressée au Saint-Esprit. La prière vous fortifiera. Elle vous transformera de manière positive. Tout ce qui concerne votre vie quotidienne peut être sujet de prière : vos soucis, vos joies, vos projets. Rendez grâce au Seigneur pour tout ce qui vous touche. Priez pour d'autres et leurs difficultés. Priez le Seigneur pour que ceux qui vous entourent viennent aussi à Lui. La prière et la lecture de la Parole divine sont les *pompes* qui activent la *circulation sanguine spirituelle* qui, elle-même, est indispensable à la santé de la vie spirituelle.

3. L'obéissance

En lisant la Bible, vous trouverez des conseils de grande utilité pour tous les domaines de la vie, y compris votre vie de communion avec Dieu. Mettez en pratique tout ce que vous avez compris, vous en recevrez une grande bénédiction. Dieu a grand plaisir à voir Ses enfants obéir à Sa Parole et garder Ses commandements. Le meilleur moyen de témoigner de notre amour pour Dieu, c'est de Lui obéir : «*Car l'amour de Dieu consiste à garder ses commandements*» (1 Jean 5,3). Le monde présente maints concepts de vie empruntés à l'esprit du temps, qui ne font pas leurs preuves. La Bible, par contre, pose des points de repère qui nous aident à réussir notre vie, de sorte qu'elle jouisse de la bénédiction du Seigneur. Placés en face d'une alternative, nous choisissons les conseils de Dieu : «*Il faut obéir à Dieu plutôt qu'aux hommes*» (Actes 5,29). Prenons garde de ne pas satisfaire les désirs de notre ancienne nature appelée dans le verset suivant la «chair» : «*Marchez par l'Esprit, et vous n'accomplirez pas les désirs de la chair. Car la chair a des désirs contraires à l'Esprit, et l'Esprit en a de contraires à la chair ; ils sont opposés l'un à l'autre, afin que vous ne fassiez pas ce que vous voudriez*» (Galates 5,16-17). C'est pourquoi nous devons nous assurer que notre obéissance envers Dieu est fondée sur la Bible, sous la conduite et par la force de l'Esprit Saint.

4. La communion

Dieu a créé l'homme avec un besoin de communion. C'est pourquoi vous devriez rechercher d'autres chrétiens qui ont également remis leur vie à Dieu. Avec eux, vous pourrez prier et vous entretenir de votre foi. Restez en relation avec de telles personnes. Si l'on enlève un charbon ardent du feu, il refroidit bientôt. De même, notre amour pour Jésus se refroidira s'il n'est pas maintenu en état ardent par la communion avec d'autres croyants. Intégrez une église et participez activement à la vie de communauté. Une bonne église évangélique où l'on croit à l'intégralité de la Bible est extrêmement importante pour la vie chrétienne. Ne négligez pas les réunions des croyants pour qui il est important de comprendre la Parole de Dieu.

5. La foi

Après la conversion et la nouvelle naissance, il est de première nécessité que notre croissance spirituelle se prolonge. Paul a écrit à Timothée : *«Toi, reste attaché à ce que tu as appris.»* (2 Timothée 3,14). Lisez attentivement les versets d'Ephésiens 4,17-32, où sont énumérées des vérités pratiques sur la sanctification de la vie entière, par l'Esprit. A la fin de sa vie, l'apôtre Paul disait : *«J'ai combattu le bon combat, j'ai achevé la course, j'ai gardé la foi»* (2 Timothée 4,7). Imitons-le et restons fidèle !

La conversion n'est pas un point final, elle est, tout au contraire, le début d'une vie nouvelle. Vous êtes maintenant à même d'être un ouvrier de Dieu (1 Corinthiens 3,9). Ayez à cœur de communiquer à d'autres l'expérience du salut en Jésus. Le salut a deux conséquences extraordinaires : (1) notre vie terrestre acquiert un sens tout nouveau et (2) nous sommes enfants de Dieu et héritiers de la vie éternelle.